Kathrin Aehnlich

Wenn ich groß bin, flieg ich zu den Sternen

PIPER

Zu diesem Buch

Wir wollen doch nur dein Bestes, hört das Kind immer wieder, selbst hin- und hergerissen zwischen Christenlehre und Kosmonautentest, zwischen dem Duft der großen weiten Welt und den Ratschlägen von Korbine Früchtchen. Der Vater führt das Haushaltsbuch und hört Westsender, während die Mutter gemeinsam mit den anderen Hausbewohnern vor dem Fernseher der Marke Staßfurt Patriot hofft, daß »unsere Gabi« endlich siegt. Und Tante Elvira singt immer die falschen Lieder, wenn sie etwas zuviel gepichelt hat ... Mit Witz und Ironie nimmt Kathrin Aehnlich sich die Rollenklischees und Sprachhülsen vor, mit denen Eltern und Lehrer das Kind in ein Erziehungsschema zu pressen versuchen. Ein souverän ironisches Erinnerungsbuch an eine fiktive Kindheit in Ostdeutschland während der sechziger Jahre, so atmosphärisch genau wie hintergründig.

Kathrin Aehnlich, geboren 1957 in Leipzig, studierte Bauwesen und am Literaturinstitut in Leipzig. Seit 1992 ist sie feste freie Mitarbeiterin in der Feature-Redaktion von MDR Figaro sowie Autorin und Regisseurin von Erzählungen und Hörspielen, Hörfunkfeatures und Dokumentarfilmen. Sie lebt in Markkleeberg bei Leipzig. Vor ihrem erfolgreichen Roman »Alle sterben, auch die Löffelstöre« veröffentlichte sie »Wenn ich groß bin, flieg ich zu den Sternen«.

Kathrin Aehnlich

Wenn ich groß bin, flieg ich zu den Sternen

Roman

Piper München Zürich

Mehr über unsere Autoren und Bücher:
www.piper.de

Von Kathrin Aehnlich liegen bei Piper vor:
Alle sterben, auch die Löffelstöre
Wenn ich groß bin, flieg ich zu den Sterben

FSC
Mix
Produktgruppe aus vorbildlich bewirtschafteten
Wäldern und anderen kontrollierten Herkünften
www.fsc.org Zert.-Nr. GFA-COC-001223
© 1996 Forest Stewardship Council

Ungekürzte Taschenbuchausgabe
Piper Verlag GmbH, München
November 2009

Erstausgabe:
1998 Gustav Kiepenheuer Verlag GmbH, Leipzig
Umschlaggestaltung: semper smile, München
Umschlagfoto: plainpicture / C. Eberle
Autorenfoto: Christiane Eisler
Satz: Dörlemann Satz, Lemförde
Papier: Munken Print von Arctic Paper Munkedals AB, Schweden
Druck und Bindung: CPI – Clausen & Bosse, Leck
Printed in Germany ISBN 978-3-492-25460-1

1
Einmal um die ganze Welt

Meine erste Reise machte ich mit einem Karussell. Das stand am Ententeichufer im Stadtpark, neben einem Berg, den meine Mutter *die große Warze* nannte. Im Winter rutschte ich mit dem Schlitten die vereiste Bahn hinunter, im Sommer rannte ich ohne Pause den Hang hinauf. Der höchste Punkt war ein morscher Baumstumpf, von dem aus ich den Park überblicken konnte. Dort oben stehend, sah ich zum ersten Mal das Karussell. Es drehte sich im Schatten der Kastanienbäume, verdeckt durch Holunderbüsche, und wäre nicht die Musik zu mir herübergeweht, hätte ich es übersehen. Ich zog meine Mutter förmlich den Drehorgelklängen entgegen. Wie immer, wenn wir spazierengingen und mein Vater nicht dabei war, trug sie das *Geblümte*, ein zu beiden Seiten tief ausgeschnittenes Leinenkleid. Mich steckten meine Eltern in jenen Jahren in blau-weiße Matrosenkleider. Meine immer wiederkehrende Hoffnung, endlich eine dieser maritimen Uniformen zu verwachsen, wurde alljährlich zu Ostern durch ein noch blauer scheinendes Fabrikat zerstört. Ich begriff nicht, woher die Liebe meiner Mutter zu diesen Kleidern stammte.

War es ihre immer wieder beschworene Verehrung für den stahlblauäugigen Hans Albers, der als verblichenes Illustriertenfoto an der Innenseite unserer Kleiderschranktür hing? Oder die Herkunft meiner Mutter aus Lindenau, einem Leipziger Stadtteil, der einen Hafen aufzuweisen hatte, ein brüchiges Steinplateau vor einem sirupschwarzen Flüßchen? Ein Hafen, der nie eine Schiffstaufe sah, nie ein Nebelhorn hörte und ohne den ranzigen Geruch von Walfischtran auskommen mußte. Es gab keinen Leuchtturm, es fehlten die rostigen Ozeanriesen. Nur mein kleines Papierschiffchen schaukelte auf der träge fließenden Brühe, kippte und versank nach wenigen Metern. Ein Hafen, wohl nur, um dieser Stadt den Anschein zu geben, sie läge am Meer. Die Matrosenkleider waren geblieben, und ich war ihr Opfer.

Wir liefen den Parkweg entlang, und kleine Kieselsteine rutschten durch die Öffnungen meiner Sandalen. Wortlos ertrug ich den Schmerz, gewillt, meine Mutter durch keinerlei Unterbrechung von einem Karussellbesuch abzuhalten. Von weitem sah das Karussell aus wie eine buntbemalte rotierende Kugel. Wurde die Geschwindigkeit langsamer, schälten sich aus den roten, gelben, blauen Streifen Pferde, Autos, Kutschen. Der Karussellbesitzer, ein glatzköpfiger Mann, stand neben der Schalttafel, die Daumen unter die Hosenträger gehakt. Sein unterster Hemdknopf stand offen, der Stoff spannte über dem behaarten Bauch. Das Karussell war sein Zuhause, der Mann trug Filzpantoffeln.

Er sah uns entgegen, zwinkerte meiner Mutter zu und begann laut zu dem Drehorgellied zu pfeifen: *Schenk mir doch ein kleines bißchen Liebe.* Meine Mutter errötete, blickte auf mich und machte ein Gesicht, wie wenn mein Vater sie am Weihnachtsabend vor meinen Augen auf die Stirn küßte. Der Karussellbesitzer pfiff leiser. Ich legte die beiden Groschen, die meine Mutter mit spitzen Fingern aus ihrem Portemonnaie geklaubt hatte, auf seine schwielige und doch weiche Hand. Meine Mutter zeigte auf eine der beiden weißen Kutschen, daraufhin deutete der Mann eine Verbeugung an, packte mich unter den Achselhöhlen, schwenkte mich über die Feuerwehr, den Omnibus, die Pferde und setzte mich sanft auf das weinrote zerschlissene Samtpolster. Verkrampft winkte mir meine Mutter zu, ihrem Gesicht sah ich die Angst an, ich könnte mich, wie manches Mal, nicht entsprechend ihren Vorstellungen verhalten. Ihre Bedenken waren grundlos. Ich hielt mich an den goldenen Griffen fest, das Abfahren war mir in die Wiege gelegt worden. Kurz hob ich die Hand zum Abschied, den Blick schon in Fahrtrichtung, erwartungsvoll auf das Kommende gerichtet. Der Teich, die Warze, meine Mutter. Erstaunt sah ich sie stehen, kaum, daß ich sie verlassen hatte, und ich begriff, daß Karussellfahren Abfahren und Ankommen in einem war. Von der Kutsche aus sah ich zum ersten Mal das Fahrrad. Einsam drehte es seine Runden. Viel lieber zwängten sich die Kinder in die enge Feuerwehr, nur um bedeutungsvoll, an einem abgegriffenen Lederband zu ziehen, damit die Glocke zum Schwingen kam. Oder sie stritten sich um den Fahrersitz in einem der Autos, um durch ständiges Hupen die vor ihnen laufenden Pferde zum Scheuen zu bringen. Sie schafften es nie. Ich sah das geschmähte Fahrrad und wußte, daß ich nie wieder mit einer Kutsche fahren würde. Vom ersten Moment an haßte ich den glatten, weißen Lack, so wie ich die weißen Plisseeröckchen haßte, die meine Mutter im untersten Fach der Kommode für mich bereithielt. Ihr Kind sollte Tennis spielen lernen, den *weißen Sport*, wie sie ihn hingebungsvoll nannte. Ihr Kind sollte nicht durch die Hecke hindurch den anderen beim Spielen zusehen müssen. Noch immer bekam sie von meinem Vater beim monatlichen Kostgeldstreit außer Verschwendungssucht ihre Herkunft vorgeworfen. Ihr Kind sollte es einmal besser haben. Sie empfand es als Schicksalsschlag, daß ich lieber in den abgetragenen Lederhosen meines Cousins über die

Mauern der Hinterhöfe kletterte, mit Schlamm nach den Tauben auf den Fenstersimsen warf und mich wenig um die großherzigen Pläne meiner Mutter kümmerte, ja, sie sogar entschieden ablehnte. Und nun weigerte ich mich auch noch, mit einer Kutsche zu fahren. Sie begriff nicht, was das Fahrrad für mich bedeutete, ließ aber dennoch zu, daß mich der Karussellbesitzer Woche für Woche über die Kutsche hinweg auf den braunen Ledersattel hob.

Ich schloß meine Hände fest um die Gummigriffe meines Lenkers, stemmte die Füße gegen die Pedale. Langsam begann sich das Karussell zu drehen. Ich trat schneller, spürte den aufkommenden Fahrtwind. Ich beugte den Oberkörper über den Lenker, der Wind riß an meinen Haaren, ich mußte treten, treten, das Karussell vorantreiben. Meine Kraft bestimmte die Geschwindigkeit. Ich sah die Warze vorüberfliegen, die Silhouette meiner Mutter, den Teich. Es war, wie wenn ich den Globus auf dem Schreibtisch meines Vaters kreisen ließ: Wasser, Land, Wasser, Land, es blieb immer das gleiche. Manchmal, wenn er Zeit hatte, zeigte mir mein Vater das Land, in dem wir lebten, das Land, in dem das Karussell stand. Er fuhr mit seinen mageren Fingern über den Globus, erstarrt hörte ich auf das sekundenlange schleifende Geräusch, bis eine Zeigefingerspitze auf eine abgegriffene Stelle tippte. Schon längst waren die Namen durch die häufigen Berührungen unlesbar geworden, zog sich ein weißer Fleck bis über die Nachbarländer, lag das Land im Verborgenen. Interessiert mußte ich auf das abgenutzte Papier sehen, laut den Namen meines Landes sagen, die Hauptstadt, meine Heimatstadt, die Straße, in der wir wohnten. Es endete immer mit meinem Geburtsdatum. Mein Vater liebte Zahlen. Er war Finanzprüfer und verbrachte seinen Tag damit, den Lebensmittelgeschäften unserer Stadt Ungenauigkeiten in der Kalkulation nachzuweisen. Er war unerbittlich, und wenn er auch schlecht sah und sich beim Schreiben dicht über das Papier beugen mußte, konnte er doch kein Auge zudrücken. Ich mußte die Läden in unserer unmittelbaren Umgebung meiden, die Brötchen drei Querstraßen weiter kaufen. Der Bäcker in unserem Haus war von meinem Vater überführt worden.

Auch zu Hause führte er ein strenges Regime. Jede Ausgabe wurde von ihm registriert, stundenlang saß er an seinem Schreibtisch, und ich mußte mich still verhalten, wie es sich für ein Kind gehört, wenn der Vater arbeitet. Er benutzte hellblaue Hefte mit hartem Einband. Jeden Kauf notierte er mit seiner steilen Schrift auf die linierten Zeilen: Eine Tafel Vollmilchschokolade - VEB Goldstern - 100 g - 2,50 MDN - Anteil Vati 1,25 MDN.

Ließ ich ein Stück auf meiner Zunge zergehen, stellte ich mir das Buch vor, ich sah, wie sich meine Eltern gegenseitig das Geld vorzählten, dachte an die vermutlich seitenlange Aufstellung halber Matrosenkleider, und der Geschmack in meinem Mund wurde bitter.

Beim Karussellfahren versuchte ich, den Mund geschlossen zu halten. Bekam ich Fahrtwind in den Mund, mußte ich husten und verlor die Übersicht über das Karussell. Meine Kräfte begannen nachzulassen, ich trat langsamer. Die Bäume lösten sich voneinander, ich erkannte die Blumen auf dem Kleid meiner Mutter. Mit letzter Kraft schob ich das Karussell bis zu der Stelle, an der sie stand, bereit, mich in Empfang zu nehmen. Ich durfte immer nur einmal fahren. Das stand fest, so wie es feststand, daß es nur sonntags Kompott gab und mein Vater immer das größte Schälchen bekam. Nie hätte ich es gewagt, eine neue Fahrt zu fordern. Nur ein einziges Mal wurde, ohne mein Wissen, eine Ausnahme gemacht.

Es war ein regnerischer Tag. Trotz der Kälte trug meine Mutter das *Geblümte*, ich mußte eine kratzige Strickjacke über mein Matrosenkleid ziehen. Schon von weitem sah ich das Karussell stillstehen. Regen tropfte von den halb heruntergelassenen Planen, die Drehorgel war verstummt. Je näher wir kamen, um so größer wurde meine Angst, die heutige Fahrt könnte ausfallen. Aber der Karussellbesitzer stand neben seiner Schalttafel, die Arme über der Brust verschränkt. Er lachte, als er uns kommen sah, und hob mich, ohne daß ich bezahlt hatte, auf mein Fahrrad. Ich trat in die Pedalen, das Karussell setzte sich in Bewegung. Vor mir rollten Autos ohne Fahrer, galoppierten herrenlose Pferde. Lautlos pendelte das Lederband der Feuerwehrglocke im Wind. Gleichmäßig drehte ich meine Runden: die Warze, der Teich, der Karussellbesitzer stand neben meiner Mutter. Die Fahrt nahm kein Ende. Ich fuhr durch Wüsten und Wälder, überquerte Brücken und Gebirgspässe, immer wieder umrundete ich den Globus, eine Ewigkeit. Meine Füße erlahmten. Ich merkte, daß sich die Pedalen von selbst drehten, ich durfte nicht lockerlassen. Kurz dachte ich daran, daß mein Vater die Karussellfahrt bezahlen müßte, sah die endlosen Zahlenreihen in seinem Buch.

Die Kälte des Chromlenkers begann durch die Gummigriffe zu schlagen. Ich tat, was ich nie tun wollte, ich zog die Handbremse. Nichts änderte sich, die Fahrt ging weiter. Eine unbekannte Gewalt trieb mich Runde um Runde voran. Ich hatte die Macht über das Karussell verloren. Im Vorüberfahren sah ich den Karussellbesitzer neben meiner Mutter stehen, den Bruchteil einer Berührung. Meine Hände krampften sich um den Lenker, ich mußte treten, wagte nicht, aufzuhören. Schweiß lief mir über die Stirn, ich begann zu weinen.

Endlich wurde die Fahrt langsamer. Ich löste eine Hand vom Lenker und suchte nach meinem Taschentuch. Meine Mutter winkte mir zu, ihre Wangen waren gerötet. Jetzt sah ich auch, daß der Karussellbesitzer winkte.

Das Karussell stand. Erleichtert blieb ich sitzen, unfähig mich nach der langen Fahrt zu rühren. Noch während ich mir die Nase putzte, schwebte meine Mutter plötzlich in der Luft, der Karussellbesitzer schwang sie auf seinen Armen, bevor er sie auf einem Holzpferd plazierte. Ich hatte meine Mutter noch nie Karussellfahren sehen. Sie saß im Damensitz auf dem Pferd wie die Königin von England, die ich von den Bildern kannte, welche uns Tante Mia, versteckt hinter dem Futter der Briefumschläge, zweimal im Jahr schickte. Die Briefe wurden von meinen Eltern wie Geheimnisse behandelt. Das Land, aus dem sie kamen, lag ebenfalls hinter der abgenutzten Stelle auf unserem Globus, doch schien es trotzdem unerreichbar weit zu sein. Denn fragte ich danach, wurde die Stimme meines Vaters leise. Im Flüsterton verbot er mir, darüber zu sprechen. Meine Mutter zeigte mir die Bilder heimlich. Besonders die Königskinder hatten es ihr angetan. Auf dem Familienfoto standen sie freundlich lächelnd in englischen Matrosenkleidvariationen am unteren Bildrand. Kinder, die nie an Fingernägeln knaupelten, sich jeden Abend die Füße wuschen und nie logen. Meine Mutter wußte alles über sie. Das Wichtigste aber waren die Pferde. Mit geraden Rücken, den Kopf in den Nacken gelegt, die Zügel locker haltend, ritten die Kinder über die Magazinseiten. Ich bemerkte den traurigen Blick meiner Mutter, in unserer Stadt fand sich keine Möglichkeit, Reitunterricht zu nehmen. Wenn ich doch wenigstens Tennis spielen würde.

Jetzt thronte meine Mutter selbst auf einem Pferd, wenn es auch aus Holz war. Die Fahrt setzte wieder ein, ihre Haare wehten, nur eine Krone fehlte noch auf den braunen Locken. Der Karussellbesitzer pfiff, die Fahrt wurde schneller. Schon sah ich wieder die endlose Straße vor mir, ich schrie nach meiner Mutter.

Erschrocken drehte sie sich um, sprang von ihrem Pferd, verfehlte die hölzernen Stufen.

Wochenlang roch es in unserer Wohnung nach Kampfer. Irgendwann verlor sich der Geruch, ich fuhr wieder mit dem Karussell, wenn auch in Begleitung meines Vaters. Nach und nach wurden die weißen Kutschen abmontiert und durch silberne Kugeln, die sich *Sputnik* nannten, ersetzt.

Irgendwann hörte ich auf, zu dem Karussell zu gehen, blieben die Matrosenkleider aus. Ich vergaß das Karussell, stieg in Züge, fuhr durch mein Land, das größer war, als es der Globus vermuten ließ, durchbrach den weißen Fleck, überflog Grenzen, schrieb bunte Postkarten an meine Mutter.

Irgendwann schrie meine Mutter beim Lesen der Todesanzeigen auf und beantwortete die Fragen meines Vaters nicht.

Irgendwann wurde mein Vater immer schweigsamer, bis er eines Morgens stumm in seinem Sessel saß.

Meine Mutter steckte sein Foto in einen Goldrahmen und stellte es in ein leeres Fach ihrer neuen Schrankwand.

Irgendwann brachte ich meine Mutter zum Bahnhof, setzte sie in einen Zug, der in ein nahes Land fuhr, in das ich sie nicht begleiten, aber von dem jetzt immerhin laut gesprochen werden durfte, in dem es Fernsehserien über die englische Königin gab und einen rothaarigen Tennis spielenden Jungen, der dem Land den seit Jahrzehnten ausstehenden Ruhm und meine Mutter zum Seufzen brachte.

In den Zeitungen, die ich meiner Mutter vor der Abfahrt kaufte, stand nichts von all dem. Ich ging den Bahnsteig entlang, suchte hinter den beschlagenen Scheiben nach ihr, sah in jedem Abteil die gleichen müden Gesichter, hörte die Schaffnerin pfeifen, rannte, fand meine Mutter nicht.

Ein Zug voller alter Frauen schwebte aus der Bahnhofshalle. Ich stand, die Zeitungen in der Hand, zwischen flügelschlagenden Tauben. Der Zug fuhr, die Rücklichter verloren sich in der scheinbaren Weite der Bahnhofsanlagen.

2

Wenn ich groß bin, flieg ich zu den Sternen

Mein neunter Geburtstag begann wie alle meine Geburtstage in den vorangegangenen Jahren. Noch im Halbdunkel versammelten sich meine Eltern und Tante Elvira vor meinem Bett: *»Weil heute dein Geburtstag ist …«* – *Man achtet auf seine Körperhaltung beim Singen.* Gemeinsam führten sie mich zum Wohnzimmertisch, ich durfte die Kerzen, rings um meinen Kuchen, auspusten – *Um Himmels willen nicht das Lebenslicht!* – und danach meine Geschenke bewundern. Das waren ein Paar Halbschuhe für den Herbst, die mir wie gewöhnlich etwas zu groß waren, noch Jahre später war ich dazu verdammt, vorsorglich ein bis zwei Nummern zu groß gekaufte Schuhe zu tragen: *Mein Gott, wie das Kind wieder läuft*, zwei Strumpfhosen, eine Packung Buntstifte, ein Malheft und von Tante Elvira eine Tischdecke für *später*.

Später war, wenn ich einmal heiraten und Kinder bekommen würde, so hatten es meine Eltern festgelegt, und Tante Elvira bereitete mich mit ihren Geschenken darauf vor. Zu jedem Geburtstag schenkte sie mir eine weiße Tischdecke aus Damast und zu jedem Weihnachtsfest Bettwäsche: zwei Kopfkissen, zwei Bezüge, zwei Laken. *Später wirst du mir noch dankbar sein dafür.*

Sie schöpfte scheinbar endlos aus der Tiefe ihres immer verschlossenen Kleiderschrankes und trug so nach und nach ihren ganzen Besitz in mein Zimmer. Irgendwann würde mir sowieso alles gehören, wenn sie, diesen Satz begleitete sie immer mit einem Seufzer, *von dieser Welt gehen müsse.* Dann würde ich auch das silberne Besteck mit den verschnörkelten Griffen und die drei kleinen Porzellanhunde bekommen, die neben dem Bild von Onkel Hans auf Tante Elviras Nachttischschränkchen standen und auf die ich auch zu diesem Geburtstag vergebens gehofft hatte. Die Wäsche, das Besteck, die Hunde, mehr war ihr nicht geblieben von *damals.*

Über *damals* wurde wenig gesprochen bei uns. Nur manchmal, wenn Tante Elvira Wein getrunken hatte, *woher die Alte nur immer das Zeug hat,* begann sie Lieder von *damals* zu singen. Dann straffte sich ihr Oberkörper, sie zog die Schultern nach hinten, legte den Kopf in den Nacken und die Hände nebeneinander auf den Tisch. Ihre Augen suchten einen mir unbekannten Punkt im Tapetenmuster. Anfangs sang sie leise, mit viel zu hoher Stimme, doch nach und nach verschwand das Zittern, sie wurde lauter und begann, den Takt mit der flachen Hand auf den Tisch zu schlagen. Ihr Gesang wurde schneller, immer schneller, bis ihr die Luft ausging und sie nur noch mit der Hand auf den Tisch schlagen konnte. *Die Fahnen hoch, die Reihen fest geschlossen.* Es war, als wollte sie das Holz mit der bloßen Hand spalten. Spätestens dann kam mein Vater in das Zimmer gerannt, um die erschöpfte Tante hinauszuführen, wobei er flüsternd mit ihr schimpfte: *Wenn du doch wenigstens Weihnachtslieder singen würdest.*

Ich verstand nicht, weshalb Tante Elvira nicht mehr singen sollte. *Uns ist singen ein Bedürfnis,* sagte unsere Heimatkundelehrerin Frau Hartmann und gab den ersten Takt vor: *Die Heimat hat sich schön gemacht.*

Ich durfte *zur Feier des Tages* neben dem Lehrertisch stehen. Nach dem Lied sprach meine Lehrerin von einem denkwürdigen Datum und von einem besonderen Tag. Allerdings war es nicht meine Geburt, die vor neun Jahren für Schlagzeilen gesorgt hatte, sondern eine kleine silberne Kugel. Während Frau Hartmann sprach, schüttelte sie mir ununterbrochen die Hand, und als besondere Überraschung durfte ich mir ein Lied wünschen. *Wenn ich groß bin, flieg ich zu den Sternen.* Ich stand vor der Klasse, spürte die Hand meiner Lehrerin auf der Schulter, sah aus dem Fenster in den blauen Oktoberhimmel, sah in die sich öffnenden Münder meiner Klassenkameraden und spürte meine heiße Gesichtshaut. Alle sangen, weil ich heute Geburtstag hatte, ich und der berühmte erste Sputnik. So nannte ihn meine Heimatkundelehrerin. Sie nutzte die Gelegenheit, uns von der Hündin Laika zu erzählen, von Juri Gagarin und von Walentina Tereschkowa, der ersten Frau im Weltall. Sie ahnte nicht, welche Folgen diese Stunde für mich haben würde.

Seit Beginn des zweiten Schuljahres mußte ich an jedem Mittwochnachmittag zehn Minuten vor um fünf unsere Wohnung verlassen. Der Weg führte von der Hauptstraße, an der Kohlenhandlung vorbei, in die Waldstraße, dann weiter auf der linken Straßenseite in Richtung Stadtpark. Am Ende der Straße stand ein großes, helles Gebäude. Schon von weitem konnte ich die Überschriften in den Schaukästen erkennen, die Werbung für den Zeichenzirkel, die Arbeitsgemeinschaft »Junge Köche«, den Bastelklub. Doch ich erreichte das Pionierhaus nie. Spätestens an der alten Pumpe mußte ich über die Straße gehen, hinüber zu dem Haus mit den buntleuchtenden Fenstern und dem Kreuz an der Giebelwand. Ich hatte mir die Füße abzutreten und mich gegen die schwere Eichentür zu stemmen.

Hinter der Tür wartete Frau Goldhuhn auf mich. Wann immer ich eintrat, stand sie an diesem Fleck, um mir mit ihren großen, weichen Händen über den Kopf zu streichen. Ich hatte das Gefühl, daß meine Haare von dem wöchentlichen Darüberstreichen allmählich dünner wurden. Ich dachte an die Glatze meines Vaters und daran, wie oft er wohl durch diese Tür gegangen sein mußte.

Und natürlich war er es gewesen, der mich das erste Mal zu Frau Goldhuhn gebracht hatte. Es war ein Mittwoch im September. Schweigend liefen wir nebeneinander, und ich mußte ihn an der Hand fassen. Je näher wir dem Pionierhaus kamen, um so stärker wurde der Druck seiner Hand, der mich von den Schaukästen weg auf die andere Straßenseite zog. Ich verstand meinen Vater nicht. Bereits vor meinem *Beitritt in die Pionierorganisation* hatten sich meine Eltern gestritten. Ich fand diesen Streit merkwürdig, denn weder mein Vater noch meine Mutter sollten Pionier werden, sondern ich, und ich hatte mich längst entschieden. Ich wollte auch einmal, so wie ich es an meinem ersten Schultag gesehen hatte, neben dem Fahnenmast stehen, *Heißt Flagge!*, und die blaue Fahne mit dem Flammenzeichen nach oben ziehen dürfen. Ich wollte wie die anderen einen richtigen Ausweis haben, mit einem Bild von mir auf der ersten Seite. Letztendlich kamen meine Eltern überein, daß ich das blaue Halstuch tragen durfte, ich sollte keine Schwierigkeiten bekommen: *Wir wollen doch nur dein Bestes.*

Nun aber zog mich mein Vater auf die andere Straßenseite, aus meiner Familie seien alle hierher gegangen, und es habe keinem geschadet: *Aus uns sind alles anständige Menschen geworden.* Und nun war die Reihe an mir, ein anständiger Mensch zu werden. Ich wurde durch die geöffnete Tür zwischen die Hände von Frau Goldhuhn geschoben, die mich unter ihre große Brust drückte und *mein Schäfchen* nannte. Ihr Name, den ich mir schon auf dem Hinweg einprägen mußte, damit ich *Guten Tag, Frau Goldhuhn,* sagen konnte, *man sieht die Leute an beim Gutentagsagen*, versprach etwas Außergewöhnliches. Ich hatte sie mir im engen glitzernden Kleid vorgestellt, mit einem Büschel goldener Federn auf dem Kopf. Sie würde ein Lächeln haben wie die Frauen aus den Filmprogrammen, die meine Mutter sammelte. Als ich sie endlich sah, war ich enttäuscht über ihren weiten Pullover und die Hornbrille mit den dicken Gläsern. Nur ein Kreuz glitzerte kaum sichtbar an ihrem Hals.

Frau Goldhuhn betonte immer wieder, wie sehr sie sich freue, daß auch ich hierher gefunden habe, und ich sagte ihr, daß es nicht schwierig gewesen wäre, denn mein Vater hätte mich ja gebracht. Sie lachte mit tiefer Stimme.

Von nun an sollte mich dieses Lachen begleiten. Ein Jahr lang ging ich an jedem Mittwochnachmittag in das Gemeindehaus. Wir waren insgesamt zwölf Kinder und hatten nichts weiter zu tun, als uns die Geschichten anzuhören, die uns Frau Goldhuhn erzählte, und dazu Kekse zu essen, die nach Vanille schmeckten. Ich mochte das große, dunkle Haus, die Kerzen auf den Tischen, die gedämpfte Stimme von Frau Goldhuhn, die Geschichten von dem Jungen Jesus, der in der Weihnachtsnacht geboren wurde, alle Menschen liebte, mit jedem sein Brot teilte und überhaupt der beste Mensch war, den sich Frau Goldhuhn vorstellen konnte.

Zu Hause konnte ich die Geschichten in dem bunten Buch nachlesen, das Frau Goldhuhn jedem von uns geschenkt hatte. *Neues Testament* stand mit großen Buchstaben auf dem Einband. Ich kannte das Wort *Testament* aus den Unterhaltungen meiner Eltern, die oft davon sprachen, daß *Tante Elvira nun bald ihr Testament machen werde.* Ich fragte Frau Goldhuhn nach Tante Elvira. Wieder lachte sie ihr tiefes Lachen, aber es schien mir, als beachtete sie mich von diesem Moment an weniger als die anderen Kinder. Nur zum Abschied sah sie mir in die Augen, bis ich rot wurde, und noch auf dem Heimweg spürte ich den Druck ihrer Hand auf meinem Kopf.

Auch an den nächsten Nachmittagen nutzte sie die Gelegenheit, mich zu kritisieren. Immer fand sie in den Geschichten, die ich nacherzählte, einen Fehler, nie gefielen ihr meine Bilder, die ich zu Hause gemalt hatte. Auch ließ sie mich öfter als die anderen die Zehn Gebote aufsagen: *Du sollst nicht.*

Sie nahm es mit einem gleichbleibenden Lächeln hin, daß ich die Versionen meines Vaters hinzufügte: *Du sollst deinen Teller ordentlich abessen, du sollst still sein, wenn sich Erwachsene unterhalten.* Mit einem Mal spürte ich den Drang, ihr und ihrem *lieben Gott* weh zu tun. Trotzdem faltete ich meine Hände: *Ich bin klein, mein Herz ist rein.* »Und die Goldhuhn ist ein Schwein«, murmelte der blonde Jakob neben mir, und ich beneidete ihn um seinen Mut. Schon längst hatte ich aufgehört, an das Beten zu glauben. Jesus hatte mir weder meine verlorenen Turnschuhe zurückgebracht noch meinen Füllhalter repariert. Und vor allem schenkte er mir kein Fahrrad, obwohl ich ihn jeden Abend darum bat. Und überhaupt, wo war *Er* eigentlich, der alles, was ich tat, beobachtete: *Wenn das der liebe Gott sieht*, der darauf wartete, mich bei etwas Verbotenem zu erwischen, um es danach meiner Mutter heimlich ins Ohr zu flüstern. Warum interessierte er sich für meine weggeworfenen Frühstücksbrote und herausgerissenen Heftseiten? Wie kam es, daß er mir nie den Rükken zudrehte? Wo wohnte Jesus? Wo wohnte Gott?

Fragte ich meinen Vater danach, strich er mir über den Kopf, immer, wenn ich auf dieses Thema zu sprechen kam, wurde mir über den Kopf gestrichen, und er sagte mit feierlicher Stimme: *Gott wohnt in uns.* Aber wie konnte Gott gleichzeitig in meinem Vater, meiner Mutter und in mir wohnen? Heimlich nahm ich den Brockhaus aus dem Bücherschrank meines Vaters, suchte nach dem nackten Mann und der nackten Frau, klappte die Papphaut beiseite, nirgendwo war Gott. Da war mir die Variante meiner Mutter schon einleuchtender. Langsam hob sie den Kopf, ließ ihren Blick über die Tapete streifen und zeigte mit ausgestrecktem Arm auf unsere Deckenlampe: *Vater unser, der du bist im Himmel.*

Oft stand ich abends am Fenster und suchte den Himmel nach irgendeinem Zeichen ab. Wie konnte Gott mich sehen, wenn ich ihn nicht sah? Ich erwog, seine Aufmerksamkeit auf die Probe zu stellen, und beschloß, nachdem er mich wieder einmal bei meiner Mutter verpetzt hatte, ihm die Zunge herauszustrecken. Bereits auf dem Weg zum Fenster wurde ich unsicher. Was konnte Gott für meinen defekten Füllhalter und die Tintenflecke auf dem Teppich? War er es, der mir eine Ohrfeige gegeben hatte? Mein Mund wurde trocken, und die Zunge klebte am Gaumen. Vorsichtig verließ ich meinen Platz am Fenster, verzichtete auf Blitz und Donner und auf die Gelegenheit, Gott endlich einmal zu Gesicht zu bekommen. Am meisten beunruhigte mich, daß ich nicht einmal genau wußte, wie Gott aussah, denn nirgendwo war ein Bild von ihm zu finden. Meine Vorstellungen pendelten zwischen einem großen, dünnen Mann mit hagerem Gesicht und streng blickenden Augen und einer etwas freundlicheren Version: dick, glatzköpfig, mit abstehenden Ohren. Keiner konnte mir auf meine Fragen eine Antwort geben, und so blieb wieder einmal nur Frau Goldhuhn übrig. Erwartungsvoll hatte ich sie angesehen und auf ihr Lachen gewartet, vergebens.

Es kam mein neunter Geburtstag, ein, wie ich von meiner Heimatkundelehrerin erfuhr, besonderer Tag. Als ich nach Hause kam, war bereits der Kaffeetisch gedeckt. Es gab Streuselkuchen und Kakao. Mein Vater war extra meinetwegen eher nach Hause gekommen, und ich hoffte, daß mir wenigstens an meinem Geburtstag der Weg in das Gemeindehaus erspart beiben würde. Aber als ich nach dem Tischabräumen das Menschärgeredichnicht-Spiel holen wollte, traf mich der erstaunte Blick meines Vaters. »Ist heute nicht Mittwoch?« Mein Bitten blieb ohne Erfolg, *Du sollst deinen Eltern nicht immer widersprechen.*

Und so saß ich dann nach dem Kaffeetrinken in meinem Zimmer und sah meine Aufgaben noch einmal durch. Wir sollten Petrus malen, der vor dem Palast der Hohenpriester auf Jesus wartete. Petrus, den meine Eltern für das Wetter verantwortlich machten, stand zwischen dem Volk und verleugnete Gott. Ich hatte ihn unter der Last seiner Schuld: *Du sollst nicht falsch Zeugnis geben – wer seine Eltern belügt, dem wächst die Hand aus dem Grab*, den Kopf beugen lassen. Auf einen Stock gestützt, starrte er vor sich hin. Ich hatte mich bei der Blattaufteilung verschätzt. Zwischen dem krummen Petrus und dem leicht bewölkten Himmel klaffte ein breiter weißer Streifen. Ich überlegte, wie ich dieses Nichts ausfüllen könnte, dachte daran, es regnen zu lassen, Petrus mit seinen eigenen Mitteln zu strafen. Doch das erschien mir zu einfach. Auch die Sonne konnte ich in Anbetracht von Petrus' Schuld nicht scheinen lassen. Aber wem hätte der Platz über den Köpfen der Menschen zugestanden? Von Engeln hielt ich nicht viel. Ich fand es schrecklich, den ganzen Tag auf einer Wolke zu sitzen, artig zu sein und Lieder singen zu müssen. Ich erschrak, wenn mich mein Vater *mein kleines Englein* nannte, und betrachtete ängstlich meine spitzen Schulterblätter im Flurspiegel. Den lieben Gott durfte ich nicht malen, so gern ich es auch gewollt hätte: *Du sollst dir kein Bildnis machen.*

Es blieb ein weißer Streifen auf meinem Blatt. Zu meiner Erleichterung fielen mir die Heimatkundestunde vom Morgen und die Zeitungsbilder ein, die uns meine Lehrerin gezeigt hatte. Ich spitzte meinen Bleistift.

Frau Goldhuhn rang nach Luft. Immer wieder tippte sie mit ihrem Zeigefinger auf mein Heft, als wollte sie ein Loch in meinen Sputnik bohren: *Du sollst keinen Götzen haben neben Gott.*

Sie nannte mich ungläubig, unbelehrbar, nicht würdig, länger in diesem Haus zu weilen. Keiner verteidigte mich, Jakob nicht und auch Peter nicht, der mir erst in der letzten Woche auf dem Heimweg verraten hatte, daß er nur noch wegen der Kekse in die Christenlehre komme. Gemeinsam mit den anderen lachten sie mich aus. Wütend schlug ich mein Heft zu, nahm meinen Anorak vom Haken und verließ das Gemeindehaus. Auf der Straße brannten schon die Laternen. Würde ich jetzt nach Hause gehen, wäre mein ganzer Geburtstag verdorben, mein Vater würde meine Geschenke wieder in seinen Bücherschrank schließen, es gäbe keine Wiener Würstchen zum Abendbrot und vor dem Schlafengehen keine Gutenachtgeschichte. Aber wenn ich es wollte, konnte ich die Strafe verschieben, um eine Woche vielleicht oder um zwei. Ich brauchte nur vor dem Gemeindehaus auf das Ende der Christenlehre zu warten, um dann, als sei nichts geschehen, mit den anderen nach Hause zu gehen.

Es war kalt. Ich lief vor dem Gemeindehaus auf und ab, sah zu den buntleuchtenden Scheiben, und obwohl ich nicht hindurchsehen konnte, wußte ich, daß sie jetzt alle über die flackernden Flammen der Kerzen hinweg zu Frau Goldhuhn sahen, die mit tiefer Stimme ihre Geschichten vorlas und nicht bemerkte, wie sich Peter und Jakob Kekse für den Heimweg in die Hosentaschen steckten.

Ich zwang mich, nicht mehr zu dem Fenster zu sehen, versuchte aus Rache gegen Frau Goldhuhn, mir Gott vorzustellen. Ich ließ ihn im Himmel an seinem Schreibtisch sitzen, die Tagesausgaben notieren und anschließend die Konsummarken einkleben. Jedesmal, bevor Gott eine Seite umblätterte, leckte er über seinen Daumen und sah einen kurzen Moment aus dem Fenster, vielleicht, um zu prüfen, ob die Sterne noch an ihrem Platz und alle Engel an ihrer Arbeit waren. Ich nutzte die Gelegenheit und ließ meinen Sputnik dicht über die Schreibtischplatte hinwegfliegen und freute mich über die durch die Luft wirbelnden Konsummarken.

In dem schwächer werdenden Licht hinter den Scheiben sah ich, daß die Kerzen fast heruntergebrannt waren. Jetzt würden sich alle um den Tisch herum an den Händen fassen und gemeinsam ein Gebet sprechen: *Vaterunserderdubistim Himmel.* Ich fror und hoffte darauf, daß sich die Tür bald öffnen würde und ich endlich nach Hause gehen konnte. Aber es blieb weiterhin still, nur auf der gegenüberliegenden Straßenseite summten die Neonröhren in den Schaukästen. Was machte es jetzt noch, wenn ich hinüberging, bestrafen würde mich mein Vater wegen der versäumten Christenlehre sowieso.

Zögernd betrat ich die Fahrbahn, die mir mit einem Mal ungewöhnlich breit erschien. Ich lief über das bucklige Kopfsteinpflaster, fühlte bei jedem Schritt, den ich tat, ein Kribbeln im Bauch, spürte meine Beine nicht mehr. Es war ein leichtes Schweben, ein Gefühl, wie wenn ich am Heiligen Abend auf die Tür des Weihnachtszimmers zuging. Vor den Schaukästen blieb ich stehen. *Welcher Pionier möchte Kosmonaut werden?* stand in großen Buchstaben über einer Reihe bunter Bilder. Ich erkannte Juri Gagarin,

Walentina Tereschkowa, auch meinen Sputnik fand ich wieder. Juri und Walentina lächelten mir zu, und ich lächelte zurück.

Jetzt wußte ich, wie ich es allen beweisen würde, Frau Goldhuhn, dem blonden Jakob, dem feigen Peter, meinen Eltern. Ich würde Kosmonaut werden, durch das Weltall fliegen und selbst sehen, wo Gott wohnt. Nur ich würde wissen, wie er in Wirklichkeit aussah, und keiner würde mir verbieten können, Gott zu malen. *Jeden Mittwoch 16–18 Uhr Kosmonautentest* stand unter den Bildern. Ich sah mich im glänzenden Raumanzug auf einer Gangway stehen und kurz die Hand zum Abschied heben. Ich sah meine Eltern zurückwinken, auch meine Heimatkundelehrerin schwenkte ihr Taschentuch.

Von der gegenüberliegenden Straßenseite her hörte ich Stimmen. Ich rannte, und es gelang mir gerade noch rechtzeitig, mich hinter der Pumpe zu verstecken. Die Gemeindehaustür wurde geöffnet, aus dem Halbdunkel heraus trat eine Gestalt. An der Silhouette erkannte ich Frau Goldhuhn. Ich sah zu, wie sie jedem Kind zum Abschied die Hand auf den Kopf legte. Ich sah Peter und Jakob erst langsam, dann immer schneller davongehen, schließlich zu rennen beginnen und ausgelassen mit den Armen schwenken. Ich sah sie an der Ecke haltmachen, die Kekse aus den Hosentaschen ziehen und mit beiden Händen in den Mund stopfen. Ich stand hinter der Pumpe, gegen das kalte Metall gedrückt, und starrte auf Frau Goldhuhn, die noch unbeweglich auf der Schwelle stand und den Kindern hinterherschaute, die sie in der Dunkelheit längst nicht mehr erkennen konnte. Ich wartete eine unendlich lange Zeit, wagte kaum zu atmen und war erleichtert, als Frau Goldhuhn endlich die Tür schloß. Wenn ich pünktlich zu Hause sein wollte, mußte ich mich beeilen. Vorsichtig verließ ich mein Versteck und rannte, den notwendigen Abstand haltend, um nicht gesehen zu werden, hinter den anderen Kindern her. Den Test würde ich erst in der nächsten Woche machen können.

Es war eine lange Woche. Unter der Aufsicht meiner Mutter packte ich am Mittwochnachmittag das Malheft und die Bibel in meine Tasche, wiederholte die Grüße an Frau Goldhuhn und versprach, ohne rot zu werden, *mich ordentlich zu benehmen.*

Ich rannte den ganzen Weg, blieb erst an der Pumpe stehen und sah mich um. Ich war allein. Behutsam zog ich das blaue Halstuch aus meiner Anoraktasche. Sooft ich in den letzten Tagen allein gewesen war, hatte ich vor dem Spiegel den Knoten geübt. Hastig schlang ich die Zipfel übereinander, drückte den Knoten fest gegen den Hals und schob den Reißverschluß wieder nach oben. Keiner sollte mich sehen, Jakob nicht und Peter nicht, sie würden mich bei Frau Goldhuhn verpetzen, da war ich mir sicher. Niemand durfte etwas von meinem Vorhaben erfahren. Ich wollte sie überraschen, wenn sie eines Tages die Zeitung aufschlagen und mein Gesicht sehen würden. Dann sollte es ihnen leid tun, daß sie über mich gelacht hatten.

Doch zuerst mußte ich den Test bestehen. Je näher ich dem Pionierhaus kam, um so größer wurde meine Aufregung. Während der ganzen Woche hatte ich mir vorzustellen versucht, worin der Test bestehen könnte. Ich hatte es geschafft, zehn Minuten lang auf dem Kopf zu stehen, sechsundzwanzigmal vom Wohnzimmertisch zu springen und trotz angedrohtem Stubenarrest einen Tag lang nichts zu essen. Heute endlich würde ich das Geheimnis des Tests erfahren. Ich drückte auf die Klinke, wie von selbst öffnete sich die zweiflüglige Tür. Ich stand inmitten einer hohen Halle, über mir schwebte ein riesiger Kristalleuchter. Ich starrte auf die funkelnden Glasblättchen und hatte dabei das Gefühl, als würde der Leuchter langsam näher kommen. Erschrocken trat ich beiseite, meine Schritte hallten durch den Raum. Vor mir lag eine breite Steintreppe, auf der ein dunkelroter Teppich den Weg nach oben wies. Vorsichtig berührte ich das kalte Marmorgeländer. Noch hatte ich Zeit umzukehren. Ich konnte mich bei Frau Goldhuhn entschuldigen und Gott mit zehn *Vaterunser* um Verzeihung bitten, ich brauchte nicht länger allein in einem fremden Haus zu stehen. Mir war, als hörte ich hinter meinem Rücken das Lachen von Peter und Jakob. Was hätten Juri und Walentina jetzt an meiner Stelle getan? Ich durfte nicht länger zögern. Entschlossen, zwei Stufen auf einmal nehmend, stieg ich die Treppe nach oben. Am Ende der Treppe stand ein Junge in Pionierkleidung und sah aus dem Fenster. Ich stellte mich neben ihn, wartete, öffnete meinen Anorak, damit der Junge mein Halstuch sehen konnte. Nach einer Weile drehte sich der Junge um und sah mich mißtrauisch an. Jetzt mußte ich zum ersten Mal den Satz sagen, ich durfte nicht stottern, mir nicht anmerken lassen, daß ich aufgeregt war. Alles hing von den vier Worten ab: *Ich möchte Kosmonaut werden!*

Der Junge schüttelte den Kopf. »Nur ganze Klassen und mit Voranmeldung.«

Ich verstand nicht, was er damit meinte. Warum mußte meine ganze Klasse mitkommen, wenn ich Kosmonaut werden wollte? Sollten wir gemeinsam in das Weltall fliegen? Ich dachte an Gerlinde Träger, der es nicht einmal mit Hilfestellung gelang, über den Bock zu springen, und die mir sicher alles verderben würde. Oder sollten nur die Besten aus meiner Klasse herausgesucht werden? An Konkurrenz hatte ich bisher überhaupt nicht gedacht. Gab es schon so viele Bewerber, daß ich meine Prüfung nur nach Voranmeldung ablegen konnte?

»Und Weiber nehmen die sowieso nicht!« Der Junge drehte sich wieder zum Fenster.

Nichts durfte ich, mich nicht prügeln, nicht Fußball spielen, nicht rülpsen. Immer hieß es: *So etwas macht ein Mädchen nicht.* Und nun sollte ich nicht einmal Kosmonaut werden dürfen? »Und Walentina?« schrie ich den Jungen an.

Der Junge zuckte mit den Schultern. »Bei den Russen ist alles anders.«

Um uns herum wurde es plötzlich laut. Eine Schulklasse kam die Treppe heraufgerannt. Ohne auf den Jungen zu achten, drängelte ich mich zwischen die fremden Kinder. Ich lief mit ihnen über Korridore und Treppen, und ich wäre mit ihnen in die Hölle gelaufen, vor der uns Frau Goldhuhn wöchentlich gewarnt hatte, wenn sie nicht vor einer Tür stehengeblieben wären. Wir mußten in einer Reihe antreten. Erst, als wir ruhig waren, drückte der Pionier jedem von uns einen Zettel in die Hand: das *Testprotokoll.* Ich hatte es geschafft.

Er erklärte uns, daß wir zehn Stationen durchlaufen müßten und an jeder Station Punkte bekommen würden. *Die Höchstpunktzahl drei* gab es nur für völlig richtige Antworten. Wir sollten nicht drängeln, vorsagen oder schwatzen und uns die Antworten gut überlegen. Nur wer dreißig Punkte erreichte, sei für die Kosmonautenausbildung *besonders geeignet.*

Schweigend betraten wir den Testraum. Wir standen vor zehn Tischen, die über den ganzen Raum verteilt waren, an denen hinter großen Pappschildern mit der jeweiligen Stationsnummer Pioniere saßen, die nur ein wenig älter waren als wir. Ich kannte die meisten Jungen aus meiner Schule, oft hatten sie mich während der Hofpause angerempelt, wenn sie trotz der Ermahnungen der Lehrer Hasche oder Fußball spielten. Aber jetzt saßen sie ordentlich auf ihren Stühlen und hielten sich auffällig gerade. In diesem Moment erschienen sie mir Jahre älter als ich. Ich sah in ihre ernsten Gesichter, und ich wußte, daß es ein schwerer Test werden würde.

Ich mußte mit der Station Nummer drei beginnen. Es war ein Wissenstest. *Welches Tier flog als erstes in das Weltall? A: Die Katze Mohrle, B: Die Hündin Laika, C: Der Wellensittich Putzi.*

Wie hieß der erste Kosmonaut mit Vornamen?

Wann startete der erste Sputnik?

Fast hätte ich mir einen Punkt verdorben, weil ich auf die letzte Frage mit »an meinem Geburtstag« geantwortet hatte und erst, als ich das abweisende Gesicht des Pioniers sah, schnell noch das Datum hinzufügte. Mit dem Hinweis, daß ich mir zukünftig meine Antworten besser überlegen sollte, im Raumschiff könnte schon ein einziges falsches Wort katastrophale Folgen haben, gab er mir dennoch drei Punkte. *Kosmonauten sind klug*, stand auf dem Schild unter der Stationsnummer. An der Nachbarstation mußte ich meinen Namen und meine Adresse mit verbundenen Augen auf ein Blatt Papier schreiben, *Kosmonauten verlieren nie die Orientierung*, und an einer weiteren Station die Grenze der Sowjetunion mit meinem Zeigefinger auf dem Globus nachzeichnen und mir den Grenzverlauf einprägen, damit ich die Sowjetunion später vom Raumschiff aus wiedererkennen würde.

Ich kam zur Station Nummer fünf. Diese Station lag im hintersten, schlecht beleuchteten Teil des Raumes. Neben dem Stationstisch stand ein großer, schwarzer Kasten mit einer silbernen Spitze. Der verantwortliche Pionier öffnete eine schmale Tür, schob mich wortlos in den Kasten und schloß die Tür hinter mir fest zu. Es war so eng, daß ich mich kaum bewegen konnte. Ich erinnerte mich an Versteckspiele, die bergende und gleichsam furchterregende Dunkelheit im Kleiderschrank, an die Stunden der Angst, die ich nachts allein in meinem Bett verbracht hatte. Aber hier konnte ich niemanden bitten, die Tür auch *nur einen Spaltbreit* zu öffnen, hier gab es kein rettendes Korridorlicht, ich durfte mir meine Furcht nicht anmerken lassen. Ich wollte Kosmonaut werden, nur daran durfte ich denken.

Man muß etwas haben, woran man glauben kann, war einer von Tante Elviras Grundsätzen, und auch wenn ich die Tante nicht immer mochte, wünschte ich sie jetzt zu mir in die Dunkelheit. Wenn ich doch wenigstens nicht allein gewesen wäre. Ich bemerkte über mir ein Geräusch, ein leises Summen, durch meinen Anorak hindurch spürte ich das Vibrieren der Wände. Das Summen ging in ein schrilles Pfeifen über, das Vibrieren wurde stärker. Der enge Raum, die schmale Tür, eine Luke fast, die silberne Spitze auf einem schwarzen Kasten? Sollte ich womöglich sofort losfliegen? Vor meinen Augen zuckten Lichter auf: blaue Quadrate, rote Punkte, gelbe Dreiecke. Waren das schon die Startvorbereitungen? Warum hatte ich keinen Raumanzug bekommen? Um mich herum begann sich alles zu drehen. Ich spürte einen ungewohnten Druck in meinen Ohren. Vielleicht wäre es besser, wenn ich mir wenigstens die Anorakkapuze über den Kopf ziehen würde? Ich versuchte, nach der Kapuze zu greifen, aber die Rakete war so eng, daß es mir nicht gelang, die Ellenbogen anzuwinkeln, sosehr ich mich auch mühte. Der Boden unter meinen Füßen begann zu schwanken. Mir wurde übel. Ich hatte mich weder von meinen Eltern noch von meiner Heimatkundelehrerin verabschieden können. Keiner wußte etwas von meinem Raumflug. Allein stand ich in einer engen, dunklen Rakete, und es gab niemanden, der mir helfen konnte. Nur einen gab es, den man immer bitten konnte, der immer anwesend war: *Vaterunserder*, ich biß mir auf die Zunge, *dubistimHimmel*, murmelte es in meinem Kopf weiter. Ich hatte nicht einmal Platz, die

Hände vor der Brust zu falten. Ich wehrte mich dagegen, zu beten, und versuchte, mich auf die Lichter zu konzentrieren: rot, grün, gelb. Ich durfte nicht aufgeben, sah meine Heimatkundelehrerin enttäuscht ihren Kopf schütteln, hörte das Lachen von Frau Goldhuhn und das Kichern von Peter und Jakob, das immer lauter wurde, unerträglich laut. Blau, grün, rot. Wenn ich jetzt betete, würde mein Bild nie an unserer Wandzeitung hängen. Grün, blau, gelb. Ein heller Strahl traf mich mitten ins Gesicht. Geblendet taumelte ich aus der Rakete, starrte in ein fremdes Gesicht: *Wenn du nichts weißt, bekommst du keinen Punkt!*

Ich stotterte, immer noch verwirrt über meine plötzliche Rückkehr, etwas von blauen, roten, gelben Quadraten, Kreisen, Dreiecken. Fast schien es mir wie ein Wunder, daß ich drei Punkte bekam: *Kosmonauten achten auf jedes Signal.*

Noch etwas benommen lief ich von Station zu Station: *Kosmonauten sind mutig – Kosmonauten haben ein gutes Gedächtnis – Kosmonauten lieben ihre Heimat*, und stand schließlich vor dem letzten Tisch. Jetzt würde sich alles entscheiden, jetzt mußte sich alles entscheiden. Siebenundzwanzig Punkte konnte ich vorweisen, nur drei Punkte trennten mich noch von meinem Ziel. Die Aufgabe schien einfach zu sein. Mit einer Drahtschlinge mußte ich, ohne anzustoßen, dem Lauf einer Spirale folgen. Kam es zu einer Berührung, knisterten blaue Funken, eine Rundumleuchte begann sich zu drehen und signalisierte Punktabzug.

Ich nahm das Ende der Drahtschlinge zwischen Daumen und Zeigefinger, *Kosmonauten haben in jeder Situation eine ruhige Hand*, und begann. »Locker lassen!« sagte der prüfende Pionier, den ich bisher vor Aufregung überhaupt nicht beachtet hatte, und ich erkannte die Stimme sofort. »Die hat mir ein Bein gestellt!« hatte er über den ganzen Schulhof geschrien und mir dabei den Arm herumgedreht. Dabei war der Junge nicht einmal hingefallen. Und überhaupt, warum wollte er mit meiner Brotbüchse Fußball spielen: *Man achtet auf seine Schulsachen.* Was konnte ich dafür, daß der aufsichtführende Lehrer in unserer Nähe stand. Jetzt würde sich der Junge für seinen Eintrag rächen. »Locker lassen!« Meine Hand zitterte, und die Rundumleuchte begann zu kreisen.

Ich war dem Weinen nahe. Der Junge richtete sich auf, sah mich an, als hätte er mich beim Lügen, Stehlen oder etwas anderem Schlimmen überrascht. Ich wendete mich ab, um ihm meine Tränen nicht zu zeigen. Als ich mich wieder umdrehte, sah ich ihn die Punktzahl in das Testprotokoll eintragen. Schweigend schob er mir den Zettel über den Tisch. Etwas Unglaubliches war geschehen, der Junge hatte mir drei Punkte gegeben, ich hatte die Höchstpunktzahl erreicht. Ich rannte zur Tür. Der Pionier, der mir am Anfang das Protokoll überreicht hatte, nahm es jetzt wieder, prüfte die Anzahl der Stationen und addierte die Punkte. Ich war *besonders geeignet.* Er legte das Protokoll auf einen Stapel anderer Protokolle: »Du kannst dir ein Bild aussuchen!« Vor ihm lagen, über den Tisch verteilt, Fotografien von Raumschiffen und Kosmonauten. Ich suchte, schob die Bilder beiseite, nahm jedes einzeln in die Hand, vergebens. Juri und Walentina waren nicht zu finden, auch mein Sputnik fehlte. »Da hättest du dich beeilen müssen!«

Ich stand vor dem Tisch, sah auf die Bilder mit den mir unbekannten Gesichtern und auf die Raumschiffe, deren Namen ich nicht lesen konnte.

»Nun mach kein Theater!«

Der Pionier drückte mir das Bild eines fremden Kosmonauten in die Hand und schob mich zur Tür.

Es war still im Haus. Schon längst mußten die anderen Kinder, ohne daß ich es bemerkt hatte, gegangen sein. Langsam lief ich den Weg über die endlosen Korridore zurück, fand die Steintreppe mit dem roten Teppich wieder und stand, wie vor Stunden, allein unter dem großen Leuchter. Ich betrachtete das Bild in meiner Hand. Es war das Porträt eines Mannes in Uniform, der, das konnte ich auf der Rückseite nachlesen, Wladimir Komarow hieß. Er hatte schwarze, nach hinten gekämmte Haare und abstehende Ohren. Sein Gesicht verschwamm vor meinen Augen. Wie ich das Bild auch hielt, immer spiegelten sich darin die Glasblättchen des Leuchters über mir.

Es war kühl. Erst jetzt merkte ich, daß ich geschwitzt hatte. Mein Pullover klebte auf dem Rücken, auch mein Halstuch war feucht. Ich band es ab und steckte es zusammen mit dem Bild des fremden Kosmonauten in meine Anoraktasche. Mir fiel ein, daß ich vergessen hatte, meinen Namen und meine Adresse auf das Testprotokoll zu schreiben. Auch hatte ich vergessen zu fragen, was mit dem Protokoll geschehen würde. Mir fehlte die Kraft zum Umkehren.

Ich trat auf die Straße und sah, daß die Fenster auf der gegenüberliegenden Straßenseite bereits dunkel waren. Jetzt würde ich auch noch zu spät nach Hause kommen.

Auf dem Korridor hörte ich, daß wir Besuch hatten. Ich klopfte, *gut erzogene Kinder klopfen an, wenn Besuch im Haus ist*, wartete eine Weile, trat in das Zimmer und sah zu meiner großen Überraschung meine Heimatkundelehrerin neben meiner Mutter am Tisch sitzen. Auf dem Tisch standen die hellblauen Kaffeetassen, die meine Mutter sonst nur zu Geburtstagen aus der Glasvitrine holte. Auf den Untertassen erkannte ich die verschnörkelten Kaffeelöffel von Tante Elvira. Statt mir Vorhaltungen wegen meines Zuspätkommens zu machen, strich mir meine

Mutter über den Kopf, und meine Heimatkundelehrerin fragte an ihrer Stelle: »Wo kommst du denn her?«

Mir war, als ob meine Mutter zusammenzuckte. Ahnte sie etwas von meinem Test?

Noch bevor ich antworten konnte, sprang meine Mutter auf, schob mich zur Tür: »Geh Händewaschen! Hast du deinen Ranzen schon gepackt? Ich glaube, du solltest erst Tante Elvira guten Abend sagen!«

Ich wehrte mich gegen den Druck ihrer Hände, stemmte mich gegen sie, und es gelang mir, im Wohnzimmer zu bleiben. Ich wollte sagen, wo ich herkam, irgendwann würde es sowieso herauskommen, und vielleicht würde mich meine Mutter in Anwesenheit meiner Lehrerin nicht bestrafen.

Ich trat an den Tisch, zog das Kosmonautenfoto aus meiner Tasche und legte es zwischen die Kaffeetassen. »Ich war im Pionierhaus!«

Ich schloß die Augen und wartete auf eine Ohrfeige. Nur bei schweren Vergehen *rutschte meiner Mutter die Hand aus*, und ich war sicher, daß mein heimlicher Pionierhausbesuch ein besonders schweres Vergehen war. Nichts geschah. Meinem Geständnis folgte das schrille Lachen meiner Mutter: *Die Kinder werden immer selbständiger.*

Ich erfuhr nie etwas über den Grund des Besuchs meiner Heimatkundelehrerin. Es war eine schweigende Abmachung zwischen meiner Mutter und mir, daß ich von diesem Tag an nicht mehr in die Christenlehre gehen mußte. Mein Vater baute mir für das Bild von Wladimir Komarow einen Rahmen, damit ich es über mein Bett hängen konnte. Als Wladimir Komarow mit Sojus 1 tödlich verunglückte, malte ich einen schwarzen Streifen über das Bild. Erst später, als ich entdeckt hatte, daß ich es aus dem Rahmen herausnehmen konnte, wechselte ich es gegen ein anderes Bild aus.

3
Und wenn sie nicht gestorben sind

Tante Elviras Zimmer war immer verschlossen. Wollte ich zu ihr, mußte ich zweimal an die Tür klopfen und laut meinen Namen rufen. Dann hörte ich sie aus ihrem Sessel aufstehen und zur Tür kommen. Noch einmal mußte ich meinen Namen sagen, bevor sie endlich öffnete und mich in das Zimmer zog.

Das Zimmer lag immer im Halbdunkel. Neben dem einzigen Fenster, das auf den Hof zeigte, stand Tante Elviras Sessel. Der Stoff auf den Armlehnen war an einigen Stellen so verschlissen, daß die Holzwolle durch die Fäden hindurchschimmerte. Ich mußte mich auf die Couch setzen. Der Sessel war Tante Elviras Lieblingsplatz. Wenn sie sich setzte, ächzten die Federn, und es war, als stöhne der Sessel unter Tante Elviras Gewicht. Geduldig wartete ich, bis Tante Elvira ihr Gebiß geraderückte und zu erzählen begann. Sie sprach mit ausdrucksvoller Stimme, so wie sie es in der Schule gelernt hatte. Sie betonte immer wieder, wie stolz sie noch heute sei, daß sie es war, die *damals* zu jeder Gedenkstunde ein Gedicht aufsagen durfte. *Es war einmal.* Während sie erzählte, schloß sie die Augen, als sähe sie in weiter Ferne den Wolf auf Rotkäppchen lauern oder das von ihr geliebte Schneewittchen hilflos durch den Wald irren. Sie verlor sich in Einzelheiten, beschrieb, wie das Licht in das Moos fiel, die Farbe der Blätter wechselte oder die Buchfinken aufgeregt davonflatterten, wenn sie

Schneewittchens Schritte hörten. Je länger sie sprach, um so leiser wurde ihre Stimme, und immer öfter passierte es, daß ihr mitten im Satz das Kinn auf die Brust sank und sie den Unterkiefer hängen ließ.

Auch dieses Mal kamen wir nur bis zu der alten Buche mit der Baumhöhle. Ich wartete, bis Tante Elvira gleichmäßig zu atmen begann. Erst dann konnte ich aufstehen, zum Nachttisch schleichen und die kleinen braun-weißen Porzellanhunde in die Hand nehmen. Die Hunde faßten sich kühl an. Sie hatten an der Unterseite ein Loch im Bauch, in das ich meinen Zeigefinger stecken konnte. Doch dieses Mal spielte ich nicht mit den Hunden. Ich nahm nicht die Kristallgläser aus dem Vertiko und hielt sie gegen das Licht, um zu sehen, wie sich die Lichtstrahlen in dem farbigen Glas brachen. Heute hatte ich mir vorgenommen, nach dem Album zu suchen. Nur einmal hatte mir Tante Elvira die Fotos gezeigt, es war an ihrem 62. Geburtstag gewesen. An Feiertagen durfte Tante Elvira schon am Nachmittag ein Glas Rotwein trinken. Und es war ihr unbemerkt gelungen, die halbvolle Weinflasche mit in ihr Zimmer zu nehmen. Ausgelassen hatte sie ihren Triumph gefeiert und den Wein gleich aus der Flasche getrunken. Sie hatte unentwegt von der ewigen Jugend gesprochen und von *damals, als sie noch eine schöne Frau war.* Und als Beweis, hatte sie das Foto-Album aus der untersten Schublade ihres Vertikos geholt. Es war aus Leder, mit Verzierungen aus Gold auf dem Einband. Ein kleiner Riegel sicherte den Verschluß. Ein Ruck, dann öffnete sich das Album wie von selbst. Wir hatten uns die Bilder gemeinsam angesehen. Die junge Tante Elvira, die blonden Haare im Nacken zu einer Rolle zusammengedreht. Ich kannte diese Frisur von Fräulein Hartenstein aus unserem Haus. *Olympiarolle,* sagte meine Mutter dazu und drückte mir Wellen in die Haare – *du mit deinem flachen*

Hinterkopf. Manchmal, wenn ich Tante Elviras Haar kämmen durfte, weich und dünn, wie das Engelshaar auf den Weihnachtsbaumzweigen, versuchte ich es zu einer Rolle zu drehen. Aber sobald sie es bemerkte, schrie Tante Elvira auf: *Willst du mir wohl mein letztes Haar herausreißen*!

Und wirklich waren es jedesmal mehr Haare, die zwischen den Zähnen des gelben Hornkamms hängenblieben. Es gelang mir nie, Tante Elvira mit einer Olympiarolle zu sehen. Nur die Bilder in dem Album waren geblieben, Tante Elvira inmitten einer Mädchenriege vor wehenden Fahnen, Tante Elvira fest verschmolzen mit einem Rhönrad, Tante Elvira neben einem lachenden Mann im weißen Sportdreß. Den lustigen Onkel Hans kannte ich bereits von einem anderen Foto. Er stand relativ unbeachtet auf Tante Elviras Nachttischschränkchen und wurde nur einmal im Jahr, Ende November, zum Mittelpunkt, wenn Tante Elvira ihren Sessel neben das Bild rückte und mein Vater, wenn auch widerwillig, einen kleinen Kranz aus dem Blumenladen *besorgte.* Dann mußte ich leise durch die Wohnung gehen, um Tante Elvira nicht zu stören, die von ihrem Sessel aus unentwegt zu Onkel Hans sah, der sie über Tannengrün und weiße Lilien hinweg anlachte. Der Tannengeruch breitete sich im Zimmer aus, zog bis auf den Korridor. Gierig atmete ich den harzigen Duft ein, das erste Anzeichen des nahenden Advents. Und wirklich stand der Kranz eine Woche später auf unserem Wohnzimmertisch. Die Lilien waren verschwunden, statt dessen steckten vier rote Kerzen auf den Zweigen. Und damit es noch schöner aussah, hatte meine Mutter kleine Fliegenpilze und Strohsterne zwischen die Tanne geknüpft. *Advent, Advent, ein Lichtlein brennt.* Zu diesem Zeitpunkt stand Tante Elviras Sessel schon längst wieder am Fenster und Onkel Hans einsam und kaum beachtet auf dem Nachttischschränkchen. *Daß er so kurz vor Schluß noch fallen mußte. Paß auf, wo du hintrittst,* sagte meine Mutter.

Im Fotoalbum trug Onkel Hans eine exakt sitzende Uniform. Er winkte aus einem Auto heraus, saß mit dicker Zigarre an einem Rauchtisch, auf dem neben dem Aschenbecher die kleinen braun-weißen Porzellanhunde standen. Sofort hatte ich sie wiedererkannt, aber die Hunde gehörten zu *Tante Elviras Vergangenheit*, über die ich keine Fragen stellen durfte. Nur selten, wenn sie heimlich Wein getrunken hatte wie an jenem Geburtstag, erzählte Tante Elvira von *damals.* Von der Versetzung von Onkel Hans in die Ostgebiete, von der schönen Wohnung, in die sie gezogen waren, und von den *Polacken*, die ihr alles wieder weggenommen hatten. Und wie immer, wenn sie getrunken hatte, sang sie am Ende und mußte von meinem Vater ins Bett gebracht werden.

Je nüchterner sie war, um so wütender wurde sie, wenn ich nach *damals* fragte. *Ich sollte sie in Ruhe lassen und nicht in Dingen herumschnüffeln, die mich nichts angingen.* Ich war mir sicher, daß sie das Album irgendwo in ihrem Zimmer versteckt hielt. Solange Tante Elvira schlief, würde ich Zeit haben, danach zu suchen

Ich begann mit dem Vertiko. Die Schubladen ließen sich schwer öffnen. Um kein Geräusch zu machen, mußte ich die Kästen beim Herausziehen anheben. In Handschuhen versteckt fand ich fünf Flaschen mit Herztropfen. Tante Elvira ging nur, wenn meine Mutter sie dazu zwang, zum Arzt, lehnte Medikamente ab und schwor einzig auf die kräftigende Wirkung von Rotwein. Hinter den Strumpfhaltergürteln steckte eine Pappschachtel mit Orden, fleckige Metallkreuze an rotweißschwarzen Stoffbändern. Das Album war nirgendwo zu entdecken. Nicht unter den Stoffservietten und auch nicht, wie ich vermutet hatte, zwischen den Spitzenkragen. »Ist jemand zu Hause?« Erschrocken sah ich zu Tante Elvira.

Sie hatte die Augen geschlossen. An ihrem gleichmäßigen Atem merkte ich, daß sie noch schlief. Vorsichtig schloß ich die Kästen. Vermutlich war Schneewittchen jetzt im Zwergenhaus angekommen. Ich hatte schon oft erlebt, daß Tante Elvira die Geschichten im Schlaf weitererzählte. Ich ging näher an den Sessel heran und verstand, daß Schneewittchen endlich ein passendes Bett gefunden hatte. Zusammen mit Schneewittchen sank Tante Elvira wieder in einen tiefen Schlaf. Jetzt bestand die Gefahr, daß ihr Kopf so weit vorrutschte, daß sie das Gleichgewicht verlor und nach vorn kippte. Tante Elviras Brille war auf die Nasenspitze gerutscht. Sie hing nur noch an einem Bügel, und ich mußte verhindern, daß sie nach unten fiel. Ich schlich zum Sessel, griff mit zwei Fingern nach dem schwarzen Hornbügel, und gerade, als ich die Brille etwas zurückschieben wollte, wackelte Tante Elvira mit dem Kopf, und ich hielt die Brille plötzlich in meiner Hand. Schon seit Jahren waren die Scharniere an beiden Seiten gebrochen, die Bügel waren mit Heftpflaster verklebt und nach allen Seiten zu bewegen. Ich hatte Angst, daß die Brille auseinanderfallen konnte, und hoffte, daß die Pflasterstreifen wenigstens diesen einen Nachmittag noch halten würden. Ich hielt die Brille gegen das Licht, sah die unzähligen Fingerabdrücke auf den Gläsern, veränderte die Entfernung, sah das Fenster verschwommen, dann wieder klar, schwenkte auf Tante Elvira. Ich sah sie durch ihre eigene Brille: in sich zusammengesunken. Das untere Gebiß hatte sich etwas gelöst, und die Zähne guckten schief aus dem halbgeöffneten Mund. Tante Elvira haßte ihr Gebiß. Es hinderte sie beim Sprechen, rieb den Gaumen wund und schien auch beim Essen keine große Hilfe zu sein. Trotzdem verlangten meine Eltern, daß sie es in den Mund nahm, wenn ich sie besuchte. *Du kannst das Kind nicht so erschrecken.* Sie zwangen sie, es bei jeder Mahlzeit zu tragen, und waren entsetzt, wenn Tante Elvira nach erfolglosen Kauversuchen die Zähne neben ihren Teller warf: *Eßt doch alleine weiter!*

Ich sah Tante Elviras goldene Backenzähne blitzen und dachte, daß es vielleicht günstiger gewesen wäre, wenn sie sich Eisenzähne ausgesucht hätte. Aber dann wäre Tante Elviras Gebiß wertlos gewesen, und ich würde mir, vorausgesetzt, meine Eltern hatten recht, später keine Eheringe daraus machen können. *Zahngold war schon immer eine gute Wertanlage.*

Ich schlich zum Nachttischschränkchen. Als ich die Schublade herausziehen wollte, sah Onkel Hans mich an. Er trug auf dem Bild merkwürdige, an den Seiten ausgebeulte Hosen und glänzende schwarze Stiefel. Neben ihm saß ein Schäferhund und spitzte die Ohren. Tante Elvira hätte lieber ein Kind gehabt, aber *die Zeiten waren nicht danach*, diese ständigen Umzüge, und wenn *sie mich Nervensäge heute ertragen mußte, dann war ein Hund im nachhinein die bessere Lösung gewesen.*

Wenn ich die Brille in einigem Abstand über das Papier hielt, funktionierte sie wie eine Lupe. Der lieben Elfi – Krakau 1942, stand in krakeligen Buchstaben neben dem Hund. Ich tastete das Foto ab, vergrößterte die Kragenspiegel von Onkel Hans, fand darauf das Zeichen, das der Mann aus der Drogerie immer auf meine mitgebrachte Limonadenflasche klebte, nachdem er Terpentin hineingefüllt hatte, und das, so fand ich, überhaupt nicht zu dem lustigen Onkel paßte. *Jeder mußte damals seine Pflicht tun.*

Obwohl, mein Vater war von Anfang an gegen diese Ehe gewesen, er hätte Tante Elvira lieber mit seinem besten Freund Karl verheiratet, dann würde sie heute in einem hübschen Häuschen am Stadtrand wohnen, eine gutgehende Gärtnerei haben und *uns nicht auf der Tasche liegen.*

Aber es mußte ja *dieser Schönling* sein, der *das Geld mit vollen Händen aus dem Fenster warf.* Wenn ich an die Bilder im Album dachte, fand ich allerdings, daß es Tante Elvira in der Zeit mit Onkel Hans gut gegangen sein mußte, sie hatte ein eigenes Auto mit Chauffeur, eine Wohnung mit schönen Möbeln, riesigen Bildern an der Wand und einen Pelzmantel mit einem echten Fuchs als Kragen.

Ich fand weder den Fuchskragen noch das Fotoalbum. In Tante Elviras Kleiderschrank hing nur *das alte Karnickel,* ein schwarzer Mantel, der nach Mottenpulver und Schweiß roch. Er war so schwer, daß Tante Elvira immer ein wenig gebeugt ging, wenn sie ihn trug. Die Mütze dazu erinnerte eher an einen Pudel. Wenn ich sie aufsetzte, fühlte ich mich größer und erwachsen. Ich mußte nur darauf achten, daß sie ein wenig schräg saß und mir nicht über die Ohren rutschte. Vielleicht brachte mir die Mütze bei meiner Suche Glück. Die nächste Station war das Bett. Doch unter dem Kopfkissen lag nur Tante Elviras Nachthemd. Ich faltete es auseinander, es roch nach *Blanca Effekt – Wäschesteif.* Tante Elvira wechselte ihre Nachthemden alle drei Tage. Eine Gewohnheit von *damals,* als sie noch ein Hausmädchen hatte, *eine liederliche Trine,* der sie erst beibringen mußte, wie die Wäsche im Schrank zu liegen hatte. Tante Elviras Kleiderschrank wurde mir immer als Inbegriff jeglicher Ordnung vorgeführt. Die Nachthemden, Tischdecken und Bettbezüge lagen exakt ausgerichtet übereinander, jeweils ein Dutzend, so gehörte es sich für einen ordentlichen Haushalt. Bei Tante Elvira gab es keine vollgestopften Schubladen, keine klebrige Tischdecke und erst recht keine alten Frühstücksbrote unterm Bett. Auch wenn ich wußte, daß meine Unordnung meine Mutter noch *früh ins Grab bringen* würde, wünschte ich mir, einmal alles fallen zu lassen, wo immer es mir im Weg war; ich wünschte mir, mich beim Essen bekleckern zu dürfen und nicht immer darauf achten zu müssen, daß meine Schnürsenkel auch wirklich gleich lang waren und nicht auf einer Seite auf dem Boden schleiften.

Ich faltete Tante Elviras Nachthemd auseinander. Es hatte in exakten Abständen zwei eingebügelte Falten an den Seiten. Ich strich mit dem Zeigefinger über die Falten und spürte plötzlich unbändige Lust, das Nachhemd zu zerknittern. Ich rieb den Stoff zwischen meinen Händen und erschrak, als Tante Elvira plötzlich hustete. Jetzt wäre Zeit gewesen, daß sich die Zwerge auf den Heimweg machten, aber Tante Elvira zog es vor, weiter mit Schneewittchen vor sich hin zu dösen. Ich hatte das Gefühl, kurz vor dem Ziel zu sein. Ich schlüpfte in die Ärmel, hob das Nachthemd hoch und streifte es, damit mir Tante Elviras Brille nicht von der Nase rutschte, vorsichtig über meinen Kopf. Das Nachthemd schleifte auf dem Boden. Es bereitete mir eine merkwürdige Genugtuung, neben dem Sessel auf und ab zu laufen, aber die Dielen waren alt und knarrten und machten meinen Rundgang zu gefährlich. Und außerdem mußte ich mich auf die Suche konzentrieren. Das Album war nicht im Wäscheschrank, nicht hinter dem Ofen und auch nicht unter der Matratze. Ich faßte sogar zwischen Tante Elviras Füßen hindurch und tastete den Boden unter dem Sessel ab. Erschöpft setzte ich mich auf das Bett, stellte das Kopfkissen an den Giebel und schlüpfte mit den Beinen unter das Federbett. Die Bettwäsche war angenehm kühl. Ich war Schneewittchen im Zwergenbett, müde von der langen Suche, ich rückte mir die beiden Federkissen hinter den Rücken, Tante Elvira schlief immer mit zwei Kissen, *so wie sich das für eine feine Dame gehört.*

Und plötzlich spürte ich das Fotoalbum. Es steckte zwischen Wand und Matratze, und deshalb hatte ich es beim Hochklappen der Unterlage nicht finden können.

Jetzt konnte ich es mir in Tante Elviras Bett bequem machen. Ich legte das Album vorsichtig auf das Federbett und zog den kleinen Riegel zurück. Da waren sie wieder: die junge Tante Elvira mit der Olympiarolle, Tante Elvira im Rhönrad, Onkel Hans im Auto, die Porzellanhunde auf dem Rauchtisch. Die Albumseiten waren aus weichem, dickem Papier, ein wenig vergilbt schon, die Bilder steckten in goldumrandeten Passepartouts. Am unteren Rand war das Papier eingedrückt, als hätte jemand mit einem Stift ohne Mine geschrieben. Ich tastete mit meiner Brillenlupe darüber, las: Miriam – 12. Geburtstag 1936, doch es gab auf dem Bild nur Tante Elvira, die lachend aus einem Fenster im 3. Stock winkte. *Diese ewigen Treppen. Ich habe mir die Wohnung nicht aussuchen können.* Es war ein großes Haus mit heller Fassade, über den Fenstern schwebten steinerne Engel. Es gab keine kaputten Dachrinnen, keine schlecht schließenden Fenster, die Balkons waren umfaßt von verschnörkelten Eisengittern. Ich verstand Tante Elvira, wenn sie im Streit um ihr Zimmer meinem Vater immer wieder vorwarf, in diesem elenden *Loch zu verrecken*, wenn sie sich über die defekten Steckdosen beschwerte, die feuchte Wand unter dem Fenster. Es war *eine Zumutung*, sie hätte in Sekt baden können, *damals, als es noch Zucht und Ordnung gab.*

Die Matratze in Tante Elviras Bett war ungewohnt weich. Ich wippte ein wenig, dann etwas mehr, ich saß auf einem Rettungsfloß auf hoher See, die Wellen tobten, daß ich mich kaum festhalten konnte, mein einziger Besitz war ein Fotoalbum, die Bilder rutschten aus den Passepartouts, Tante Elvira, Onkel Hans, das schöne Haus; ich versuchte, sie festzuhalten, doch der Sturm wirbelte sie durch die Luft, für einen kurzen Moment hielt ich das Bild eines

Mädchens in der Hand, groß fremd, mit einem dicken schwarzen Zopf über der Schulter, dann wurde das Album über die Reling gespült. Mit einem lauten Knall fiel es zu Boden.

In diesem Moment kamen die Zwerge zurück. Tante Elvira rückte an ihrem verrutschten Gebiß: *Wer hat von meinem Teller gegessen, wer hat aus meinem Becher getrunken, wer hat in meinem Bettchen* …

Sie starrte mich an, selbst durch die verschmierten Brillengläser konnte ich ihren weit aufgerissenen Mund sehen. Ich wartete auf einen Schrei, die Rufe nach meiner Mutter. Doch es blieb still. Die Pelzmütze drohte mir über die Augen zu rutschen. Ich wagte nicht, mich an das Kissen zu lehnen. Die Bilder lagen unerreichbar weit über die Dielen verstreut. Ich suchte nach dem Mädchen, aber ich konnte es nicht entdecken.

4
Der Hof

Mit geschlossenen Augen hätte ich mein Haus aus allen Häusern der Straße herausgefunden, es erkannt an den jahrzehntelang angesammelten Gerüchen, den Ausdünstungen der ewig feuchten Steine, dem beißenden Uringeruch, mit dem die Betrunkenen der nahe gelegenen Kneipe ihren Heimweg markierten. Dazu kamen die verdorbenen Obstreste in den sich unter dem Schild *Kisten abstellen verboten* türmenden Stiegen, der Geruch keimender Kartoffeln aus den Lüftungsschächten der Keller.

Über allem schwebte der Essendunst aus den oberen Stockwerken: Kalischs immer wieder gewärmter Gulasch, der penetrante Geruch gekochter Flecke aus der Wohnung der Weber-Piepen.

Das wichtigste jedoch war der Hof. Allen Bomben und späteren Abrißplänen zum Trotz waren die angrenzenden Häuser stehengeblieben, machten die hohen Giebelwände den Hof zu einem düsteren Steinschacht, der weit oben begrenzt war durch einen Flecken Himmel: mal blau, mal grau, der Hof hatte sein eigenes Wetter. Selbst im Sommer standen über die ganze Fläche verteilt Pfützen, und nur bei langanhaltender Hitze trocknete die Erde zwischen dem Katzenkopfpflaster vollständig ab. An heißen Tagen war es auf dem Hof ungewöhnlich kühl, während nach einem Kälteeinbruch die Wärme noch lange in den Steinen nistete.

Der Hof war mein Revier. Mir allein gehörten die glitzernden Wände, die herabgefallenen Putzstücke, der Schlamm in den Pfützen. Ich war der Herrscher über die Klopfstange, die Mülltonnen, den Schuppen, die Waschhaustreppe. Keiner störte mich, keiner machte mir etwas streitig. Ich war das einzige Kind im Haus. Nur der *schöne Herbert* kam hin und wieder durch den Hintereingang von *Kramers Gemischtwarenladen* gerannt. Er war bereits ein erwachsener Mann, der immer einen Schlips und die viel zu weiten Anzüge seines verstorbenen Vaters trug und sich trotzdem nicht wie alle anderen Erwachsenen benahm. Den ganzen Tag über war er vergnügt, sang, tanzte, pfiff oder jagte im wilden Galopp durch die Pfützen *Mariemaramarutschkaka.* Er kannte alle Lieder einschließlich der neuesten Schlager, sang alles gleichermaßen mit kräftiger Stimme. Lange schwangen die Töne in der Luft, hielten sich zwischen den hohen Mauern, kehrten noch einmal zurück. In diesen Momenten erschien mir der Hof unendlich weit.

Leider mochte keiner außer mir den Gesang. Sobald der *schöne Herbert* mit seinem Auftritt begann, schlossen sich die umliegenden Fenster. Der *schöne Herbert* quittierte jedes Zuschlagen mit einer Verbeugung und sang um so lauter: *Oh, wie so trügerisch sind Weiberherzen.*

Er küßte allen Frauen, denen er begegnete, die Hand und versuchte, ihnen dabei mit der anderen auf den Hintern zu schlagen. Tadelte ihn seine Mutter deswegen, so lachte er nur, strich sich über seine pomadisierten Haare und sang: *Was kann der Herbert denn dafür, daß er so schön ist?*

Mich küßte er auf die Wange, nannte mich *seine kleine Zuckerpuppe* und versprach mir, mich später zu heiraten. Derweil sang er mir wieder vom armen Förstermädchen vor, das im dunklen Wald vom Grafensohn verführt wurde, und Lieder von Seemännern, die dem Meer zuliebe ihre Frauen und Kinder im Stich ließen: *Er ist nicht zur Hochzeit gekommen und war auch zur Taufe nicht da.*

Meine Mutter nannte die Lieder unanständig und *den schönen Herbert keinen Umgang für mich.* Er galt als *meschugge* und gehörte nach Meinung vieler Hausbewohner in eine *Anstalt.* Nur ungern, unter ständigen Ermahnungen, entließ mich meine Mutter auf den Hof. Sie fürchtete weit mehr, daß ich vom *schönen Herbert* verführt als daß ich von einer Ratte gebissen werden könnte.

Die Ratten waren *das kleinere Übel.* Nur selten zeigten sie sich bei Tage, außerdem gab es ein nach ihnen benanntes Gift, ein weißliches Pulver, das von unserer *Hauswartsfrau* ständig vor die vermeintlichen Ausgänge gestreut wurde und mit dem es trotzdem nicht gelang, *das Viehzeug vollständig auszurotten.* Statt dessen traf es Frau Webers naschhaften Spitz und mit ihm sein Frauchen. Monatelang lief die Weber-Piepen in Schwarz und kochte weiterhin, so als sei *Fifi* noch am Leben, täglich Flecke, ob aus Gewohnheit oder aus Pietät wußte niemand im Haus zu sagen. Vielleicht aber, so mutmaßten einige, aß sie die Flecke selbst und hatte sich den Hund nur zur Vertuschung ihres *barbarischen Geschmacks* gehalten.

Der Geruch verfolgte mich über den ganzen Hof. Überhaupt konnte ich meine Mutter über die Eßgewohnheiten aller Hausbewohner *auf dem laufenden halten.* Nur selten entging mir ein Gericht oder täuschte ich mich in Geruch und Etage. Der Essendunst zog durch die geöffneten Fenster, allem voran die Rauchschwaden aus dem ersten Stock, wo bei Fräulein König mal wieder die Kartoffeln anbrannten. Dieses Mißgeschick passierte ihr an fast jedem Wochenende, ganz im Gegenteil zu ihrem Lebensgefährten, der nach Meinung meiner Eltern *nie etwas anbrennen ließ.*

Fräulein König und Herr Schmücker lebten in *wilder Ehe* zusammen, ein unentschuldbares Vergehen, das noch vor Elternbelügen kam. In der Wohnung der beiden herrschte *Unzucht, Sodom und Gomorrha,* und jeder Brandgeruch ließ mich das Schlimmste ahnen. Beunruhigt beobachtete ich das Küchenfenster im ersten Stock, wartete auf die kurzen hohen Schreie: Die Kartoffeln! Die Kartoffeln! Und auf das hilflose Lächeln Fräulein Königs, die mit hochrotem Gesicht am Fenster erschien. Meist warf sie mir kurz darauf *etwas Süßes* herunter. Zwischen uns herrschte ein stilles Einverständnis, ich lutschte Bonbons und Schokolade, schwieg und hatte dabei das Gefühl, Mitwisser von etwas Verbotenem zu sein. Meine Mutter wußte jedoch sofort Bescheid: *Die König wieder, Sodom und Gomorrha, die brennt uns noch mal das ganze Haus ab.*

Begegnete uns Fräulein König im Treppenhaus, grüßte meine Mutter nur kurz, gerade so, wie es der Anstand gebot, das war das mindeste. Mir als Kind standen derartige Wertungen nicht zu, für mich war das Grüßen eine Selbstverständlichkeit, die ich von *klein auf* geübt hatte: *Gutentagmama, Gutentagpapa, mit dem Hut in der Hand kommt man durch das ganze Land.*

Meine Schwierigkeiten begannen mit dem Tag, an dem ich mich entschloß, nur noch denjenigen *guten Tag* zu sagen, denen ich auch wirklich einen *guten Tag* wünschte. Meine Bedenken richteten sich vorrangig gegen die über uns wohnenden Mieter, einen hageren, alten Mann und seine nur wenig jüngere Schwester, die sich, und das war der Grund meiner Abneigung, die Ungeheuerlichkeit leisteten und eine Haushälterin hielten. Mir waren Dienstmägde nur aus Märchen bekannt, und auch wenn ich das Aschenbrödelschicksal in Betracht zog, blieb ich dennoch mißtrauisch und hatte kaum Hoffnung auf *Fräulein Metas Erlösung,* wie sollte jemals ein Prinz den Weg in unser

Haus finden. Zudem war die Haushälterin ein ältliches Fräulein, das ich nie in etwas anderem als in einer frischgebügelten Kittelschürze sah. Lediglich das Muster wechselte ab und an. Dazu kam ein unheilbares Hüftleiden, schon von weitem erkannte ich Fräulein Meta an ihrem Gang. Meist trafen wir uns auf dem Hof, ich sah sie mit dem Mülleimer über die Steine watscheln, sah den hin und her wiegenden Oberkörper, mit dem sie Schwung für ihr lahmes Bein holte, und ich beschloß ewige Rache. Trotz alledem galten die Leute, bei denen Fräulein Meta diente, im Haus als *feine Leute.* Begegnete ich ihnen im Treppenhaus, begrüßten sie mich mit einem devoten Lächeln, aber gleichzeitig mit einem Blick in den Augen, der mich den Kopf senken ließ und zum ungewollten Gehorsam zwang: *Gutentagfräuleinhartenstein, Gutentagherrhartenstein.* Jeden Tag, pünktlich zwei Uhr, verließen die beiden Geschwister die Wohnung zu einem gemeinsamen Spaziergang. Ansonsten lebten sie *zurückgezogen,* was hieß, sie standen in einem Abstand von einem Meter hinter der Gardine ihres Küchenfensters und beobachteten mich beim Spielen auf dem Hof. Aufmerksam verfolgten sie jede meiner Bewegungen, sparten gegebenenfalls nicht mit Ermahnungen und wurden geradezu hysterisch, wenn ich mit Schlamm Muster an die Hauswand warf. Dabei war der Hof nach einem Regen am interessantesten. Die Mulden standen voller Wasser, die hervorstehenden Katzenkopfsteine bildeten die Kontinente inmitten der Weltmeere. Ich trieb mit meinem Floß den Mississippi hinunter, entdeckte den Seeweg nach Indien, fuhr unter der Flagge Käpt'n Flints. Nur bei großer Wäsche mußte ich mein Terrain räumen.

Die Wäsche auf der Leine verriet ihren Besitzer. Ein Blick auf den Hof genügte, um zu wissen, daß Herr Hartenstein auch im Sommer lange Unterhosen trug, Fräulein

König einen schwarzen Büstenhalter besaß und Frau Kramer das Loch in ihrem Pullover immer noch nicht gestopft hatte.

Die Waschtage waren für mich eine willkommene Abwechslung. Durch ein kleines, vergittertes Fenster konnte ich vom Hof aus in das Waschhaus hineinsehen, das Anheizen des Kessels beobachten, die Frauen, die mit langen Holzstäben versuchten, die Luftblasen aus der eingeweichten Wäsche zu drücken. Der schmierige Dampf quoll durch die Ritzen der Tür und beschlug nach und nach die Fensterscheibe, so daß ich nur noch die Umrisse erkennen konnte und mir alles um so geheimnisvoller erschien.

Doch immer häufiger blieb die Waschhaustür verschlossen, Spinnweben zogen sich über das rissige Holz, Schloß und Türklinke begannen zu rosten. Schuld an allem war eine kleine Maschine, die sich nach und nach alle Haushalte eroberte und die auch bei uns, wenn auch *hinter dem Rücken meines Vaters,* Einzug hielt. Meine Mutter kaufte *den Fortschritt auf Raten.* Für nur 34 Mark im Monat *hatte die Schinderei endlich ein Ende.* Zwar trug die Weber-Piepen ihre Maschine einmal im Monat, begleitet von einem heftigen Stöhnen, in das Waschhaus hinunter, aber ein chronischer Bandscheibenschaden zwang sie sehr bald, ihren Vorsatz: *Wäsche gehört ins Waschhaus*, aufzugeben.

Wenn ich an den Wochenenden auf der Waschhaustreppe saß und die Augen schloß, konnte ich das Rumpeln der verschiedenen Maschinen hören. Das lauteste Geräusch kam aus der ersten Etage, dort wohnte Frau Schluntz, die Besitzerin eines Vollautomaten. Mit Spannung wurde von meiner Mutter jeder Schluntzsche Waschtag erwartet, nur um mit Genugtung festzustellen, daß die Wäsche auch nicht weißer aussah, ja sogar von Mal zu

Mal mehr vergraute. So ganz ohne Arbeit ging es dann doch nicht, ein bißchen Schweiß mußte schon dabei sein. Aber die Schluntzen lag lieber den ganzen Tag auf der *faulen Haut*, so eine konnte es sich ja leisten.

Familie Schluntz war ohnehin ein heikles Thema. Sie unterlagen der geheimen Observation aller Hausbewohner, deren Ergebnisse nur im Flüsterton untereinander ausgetauscht wurden. Und das alles nur, weil Herr Schluntz, ohne Wissen und Zutun der Mieter, über Nacht zu *einem Bonzen* geworden war, zu einem von *denen da oben*, die schuld waren, daß es keine Zwiebeln gab, die Kirchen abgerissen wurden und die Schnapspreise stiegen. Noch vor kurzem ein ganz gewöhnlicher Schlosser, der sich wie jeder andere früh in die überfüllte Straßenbahn drängeln mußte, holte ihn jetzt täglich ein großes schwarzes Auto zur Arbeit ab. Mit Befriedigung wurde jedoch festgestellt, daß er auch in seiner *neuen Position* die beiden Warzen am Kinn und die ewig schiefgelatschten Absätze behalten hatte. *Schluntz blieb eben Schluntz*, daran änderte auch ein Schreibtisch im Rathaus nichts. Trotzdem war *Vorsicht geboten.* Alle Hausbewohner, einschließlich der Hartensteins, die ansonsten *mit denen nichts zu tun haben* wollten, grüßten Herrn Schluntz freundlich, und mein Vater stellte nach Bekanntwerden der Schluntzschen Beförderung das Radio jeden Abend *beim letzten Ton des Zeitzeichens* leiser. *Deutschlandfunk* statt *Deutschlandsender* konnte in seiner Position als Beamter und damit *Staatsangestellter* als unentschuldbares Vergehen gelten. Doch nicht nur bei uns lief *das Echo des Tages* in Zimmerlautstärke, vor allem unsere Nachbarin bangte um die Entdeckung ihrer unter dem Dach versteckten, in die falsche Richtung weisenden Fernsehantenne. Dank einer beträchtlichen Lebensversicherung ihres plötzlich verstorbenen Mannes besaß die *Sommern* den ersten Fernsehapparat in unserem Haus. Der *Staßfurt Patriot* trat übergangslos an die Stelle der verblichenen *besseren Hälfte.* Gut sichtbar stand der *edle Spender*, den Wirren des örtlichen Bestattungswesens entgangen, in einer schwarz glänzenden Urne auf dem Apparat und wachte über seine Frau und die nach dem neuen Medium süchtigen Nachbarinnen. Über Nacht war die sonst kaum beachtete Sommern zum Mittelpunkt des Hauses geworden, jeder buhlte um Wohlwollen und Gunst und einen Blick auf die flimmernde Scheibe. Wer gewann, saß samstags Viertel nach sieben in der Sommerschen guten Stube, genoß die bunte Sendung in Schwarzweiß und den wöchentlichen Auftritt Marie-Luises. Die *Aktuelle Schaubude* war der große Renner, dicht gefolgt von der einzigen einheimischen Konkurrenz: *Wünsch dir was* mit Irmgard Düren. Es war der Kampf *West* gegen *Ost*, Ives Saint-Laurent gegen Modehaus Bormann mit Kreationen Luzie Kaisers. Jede Woche befanden die Sommern, Kramern, meine Mutter unter der gegenseitigen Versicherung, daß sie *so etwas nie anziehen würden*, über die Collection.

In Anbetracht der neuen Situation im Haus blieb die Sommersche Tür immer häufiger geschlossen. Nur unter dem Schwur der absoluten Verschwiegenheit und strengster Vorsichtsmaßnahmen durften wir hin und wieder samstags durch das Treppenhaus schleichen, kein Licht, kein Knarren, denn vielleicht *verdarb Westfernsehen wirklich den Charakter*, und warum sollte ausgerechnet die Sommern an unserem *moralischen Verfall* schuld sein.

Jedoch einmal im Jahr wurde eine Ausnahme gemacht, einmal im Jahr zwängten sich alle, einschließlich der Schluntzen, in das Sommersche Wohnzimmer. Einmal im Jahr fand ein Ereignis statt, das Fräulein Meta ihre frischgebügelten Schürzenbänder zerknittern und die Weber-Piepen ihre krampfadrigen Beine wundkratzen ließ. Die ganze Nation fieberte mit *unserer Gabi*, erwartete vor allen verfügbaren Fernsehgeräten die meist nächtliche Entscheidung: springt sie ihn oder springt sie ihn nicht? Im Wohnzimmer der Sommern herrschte gespannte Stille, nur hin und wieder ein Rascheln. Stühleknarren oder Kratzen und das wollüstige Stöhnen, das die Stürze der Konkurrentinnen begleitete. Geschah ihnen allen recht, vor allem der Schuba, dem Pferd, Hauptsache *unsere Gabi*, jetzt springt sie ihn oder sie springt ihn nicht – jetzt – jetzt!, sie hat ihn gestanden. Bei der Siegerehrung beugten sich alle Köpfe im Zimmer, empfingen ein unsichtbares Band, ja *unsere Gabi* hatte es geschafft, wieder eine Medaille, die Nation konnte aufatmen. Die Kramern spendierte zur *Feier des Tages* einen doppelten Boonekamp auf den doppelten Rittberger, und vor uns lag ein weiteres Jahr der Erwartung, ein weiteres Jahr ohne Fernseher.

Einzig das Radio verband uns mit der Welt, trug zu unserer Unterhaltung bei. Kein Sonntagsbraten ohne *die lustigen Musikanten vom Deutschlandfunk: Wir sind die lustigen Holzhackerbuam*, und ach, die traulichen Abende mit Hänschen Rosenthal – *Allein gegen alle – Was aß Christoph Kolumbus am 8. 8. 1483 zum Mittagessen, wieviel Paar Socken besaß Heinrich der VIII.?* Fragen, die ganze Städte in Wallung brachten, *unschlagbare Rätselstadt*, was konnte es mehr geben.

Es waren fremde Städte, in denen sich das alles abspielte. Unser Marktplatz blieb leer, kein *fahrender Übertragungswagen*, keine rasenden Reporter, nur zweimal im Jahr setzte die Stadt an, eine andere zu werden, putzte sich heraus, war plötzlich bunt, fremd, roch frischgebadet nach Fichtennadel. Die Auslagen der Läden wurden üppig, es gab gezuckerte Kondensmilch, Bockwurst im Glas, frische Gurken und grünen Salat. Verantwortlich für all den Reichtum zeichnete ein kleines Männchen, das sich pfeiferauchend in allen Schaufenstern der Stadt präsentierte und meine Mutter auf die von ihr für originell gehaltene Idee brachte, mich eines Tages im blaugefärbten Schlafanzug, mit der Aktentasche meines Vaters zum Fasching zu schicken. Das *Messemännchen*, Handlungsreisender auf großer Fahrt, galt als geheimer Ursprung der außerkalendarischen Bescherung und trat für die Bewohner unserer Stadt in die Reihe zwischen Weihnachtsmann und Osterhasen. *Leipziger Messe* hieß das Zauberwort und *jedem Messegast ein Bett* die Devise der örtlichen Presse.

Auch in unserem Haus rutschten die Familien enger zusammen und beteiligten sich an der halbjährlichen Lotterie. Hauptgewinn war einer von *drüben*, der Traumprinz mit der dicken Brieftasche. Seinetwegen übersiedelte ich in die Besucherritze, ertrug nächtelang das Schnarchen meines Vaters. Tagsüber teilte ich die Ungeduld meiner Mutter, wartete am Fenster auf den *Messeonkel*, registrierte die Autos, die an unserem Haus vorbeifuhren, war süchtig nach blitzendem Chrom, glänzenden Mercedessternen, hoffte bei jedem Bremsen, daß es unserem Haus galt. Jetzt mußte er nur noch in die richtige Etage kommen, ich öffnete den Briefkastenschlitz einen winzigen Spalt, hörte die Schritte näher kommen, hielt den Atem an, aber der Mann lief eine Treppe höher, Pech gehabt. Klingelte es dann wirklich an unserer Wohnungstür, wurde die Spannung unerträglich, doch die Ausbeute war mager: Gabelstapler aus Sofia, Plaste und Elaste aus Zschopau, Suhler Jagdwaffen, vielleicht das nächste Mal. Ein eiliges Zimmerwischen, Wechseln der Bettwäsche, erneutes Warten, erneutes Hoffen, das eines Tages endlich erfüllt wurde, der *große Unbekannte* kam aus der Schweiz, *grüzi miteinand'*, und hinterließ neben zwei gepreßten Edelweiß *einhundert Westmark*.

Der fremde Schein war groß, bunt und verhieß, wenn ich meine Mutter recht verstand, *den Himmel auf Erden.* Der Weg dorthin führte uns merkwürdigerweise auf den Hauptbahnhof. Es war das erste Mal, daß ich den Hauptbahnhof ohne Reiseabsicht betrat. Abgesehen davon, daß ich mit meinem Vater zusammen eine Woche vor jeder geplanten Urlaubsreise kontrollierte, ob es den von uns herausgesuchten Zug wirklich gab, wieviel Wagen er hatte, ob er pünktlich war und auf dem richtigen Bahnsteig einfuhr. Mein Vater, der zu Hause nicht einmal eine Glühbirne wechseln konnte, inspizierte die Lokomotive, fragte nach Streckenführung, Geschwindigkeit und Kohlenverbrauch. Unsere Abreise unterlag seiner generalstabsmäßigen Vorbereitung, die oft durch eine verspätete Straßenbahn, ein defektes Kofferschloß oder die Tatsache, daß wir ganz einfach die Fahrkarten zu Hause vergessen hatten, boykottiert wurde.

Jetzt hatte ich den Bahnhof in *geheimer Mission* betreten, Mutter und Kind auf der Durchreise, getarnt durch einen leeren Koffer und *meine Unschuld.* Wir waren gefaßt auf unsere Verhaftung, *folgen Sie uns bitte unauffällig,* denn obwohl uns Herr Grünbächler den Schein freiwillig gegeben hatte, *gehörte das fremde Geld nicht in unsere Hände.* Zögernd durchquerten wir die Schalterhalle, passierten den Imbiß, die Gepäckaufbewahrung und standen schließlich vor einer unauffälligen gardinenverhangenen Tür. Es dauerte einige Zeit, bis sich meine Mutter entschloß, hineinzugehen. Der Raum war überfüllt mit Kartons, bunten Verpackungen, alles Dinge, die ich schon einmal im Sommerschen Fernsehapparat gesehen hatte: *viele, viele bunte Smarties, Dash mit den zwei Weißmachern, darauf einen Dujardin,* ein Angebot, gegen das die Bemühungen des Messemännchens lächerlich wirkten. Benebelt von dem *Duft der großen weiten Welt,* vergaß ich alle Ermahnungen, wollte mich setzen und lag mit eingedrücktem Koffer im Raum. Inmitten der Farbenpracht wirkte das Gesicht meiner Mutter noch bleicher, als es ohnehin schon sein mußte. Mit letzter Kraft schleppte sie sich zur Ladentafel und verlangte mit verstellter Stimme, denn auch das gehörte zu unserer Verwandlung: *Bitte ein Neulonghämd.* Ich hörte die Verpackung unter ihren zitternden Händen rascheln, aber sie behielt die Nerven, kaufte Strumpfhosen, Seife, Schokolade, Kakao und natürlich *Siebenundvierzigelf*, mit *Tosca* konnte das Leben neu beginnen. Ich bekam statt des gewünschten, aber aus ästhetischen Gründen abgelehnten Blasenkaugummis, ein *Matchbox*, auch wenn ich ein Mädchen war, *Markenzeichen blieb Markenzeichen.*

Bepackt mit Plastetüten und Koffer verließen wir den *Intershop*. Ohne auf mich zu achten, rannte meine Mutter durch die Bahnhofshalle und kehrte erst nach einer halben Stunde erschöpft von der Toilette zurück. Es war das Ende der Messe. Männer fischten mit langen Stangen Plakate von den Bahnhofswänden, Frauen fegten lustlos Abfall über die Fliesen. Das Messemännchen verschwand aus allen Auslagen, ich zog wieder in mein Kinderzimmer, das *Matchbox* wurde auf Anweisung meines Vaters in unsere Glasvitrine gestellt.

Auf dem Hof war ohnehin nicht viel von der Messe zu spüren gewesen. Der Putz bröckelte auch an diesen Tagen von den Wänden, der Straßenlärm drang als ein dumpfes gleichmäßiges Geräusch über die Mauern, nichts unterschied das Hupen eines F 8 von dem eines Mercedes oder BMWs. Zudem hielten alle Hausbewohner die Hoftür vor den Messegästen geschlossen. Lediglich am Müll war eine Veränderung ersichtlich. Ich kramte nach den Teilen der Verpackungen, die nicht als Ausstellungsstücke in den Wohnungen verblieben waren, *strahlendweiße Zähne,*

Lippis Dosenmilch, baute mir aus Ananasbüchsen und Waschpulverpackungen einen eigenen Intershop, bis mir Fräulein Hartensteins Geschrei auch dieses Spiel verdarb.

Der Frühling verging, schon längst wuschen wir uns wieder mit der *guten Meißner*, mein *Matchbox* verstaubte in der Glasvitrine, ich erfand neue Spiele, schaukelte mit geschlossenen Augen an der Klopfstange und erschrak, als mich eine Intershopstimme plötzlich fragte: Wohnst du schon langö in dösöm Haus?

Neben mir stand eine Frau, gehüllt in eine Duftwolke aus Siebenundvierzigelf – zwölf – dreizehn, ein fremdes Wesen im weitschwingenden Trevirarock, das niemand anderes war als die verlorengegangene Tochter, Bruni, das Waisenkind aus dem ersten Stock, verzogen nach *Irgendwohin.* Bruni, das Schmuddelkind, meine Vorgängerin auf dem Hof, schon sie ertrug das hartensteinsche Gezeter, Bruni, die Rotznase mit den aufgeschlagenen Knien, stand neben mir und strich mit schneeweißen Fingern über rissiges Klopfstangenholz: *Oh, süße Kinderzeit.*

Doch die Tür zur Kindheit sollte ihr verschlossen bleiben, die neuen Mieter hießen Schluntz und gewährten keinen noch so kleinen Blick, da half kein Bitten, Prinzip war schließlich Prinzip, *wir lassen uns von Westlern nicht ausspionieren.* Und so blieb Bruni nur der Hof und der Blick nach oben, denn auch die anderen Hausbewohner hielten sich an die von Schluntz gesetzten Grenzen und ihre Türen fest geschlossen. Fast wäre Bruni ohne das gewünschte Fest abgereist, wäre der Weber-Piepen nicht die rettende Idee gekommen: *der Hof.* Der Hof gehörte allen, war neutrales Gebiet, und plötzlich fand sich auch ein Grund zum Feiern, die bisher übersehene Tatsache, daß wir alle schon jahrelang in diesem Haus wohnten. Es war, als wären wir miteinander verwandt, Brüder und Schwestern, und nannten uns ab sofort eine *Gemeinschaft* und die geplante Feier ein *Hausgemeinschaftsfest.* Der Hof wurde zum Mittelpunkt allen hausfraulichen Interesses. Bewaffnet mit Schrubbern und Besen zogen die Frauen in die Arena, kämpften gegen den jahrzehntealten Schmutz und erreichten durch ihr Scheuern nur, daß die Katzenkopfsteine noch weiter als zuvor aus der Erde ragten. Der *schöne Herbert* schleppte auf Anweisung seiner Mutter eimerweise Löschsand vom Dachboden – *es war eben doch nicht alles schlecht im Krieg* – und machte aus meinen Ozeanen riesige Sandbänke. Selbst unsere *Hauswartsfrau,* die sonst nur widerwillig den Flur wischte und durch ihr mürrisches Grüßen zu verstehen gab, daß sie sich für den einzigen Menschen auf der Welt hielt, der arbeitete, kratzte voller Begeisterung den Rost vom Waschhausgeländer. Statt Wäscheleinen spannten sich Wimpelketten, die sonst nur am *ersten Mai* und *Republikgeburtstag* unser Haus schmücken durften, von Wand zu Wand, kreuzten sich mit Faschingsgirlanden und Silvesterschmuck. Nach und nach setzte die Begrünung ein, Gummibäume wurden herangeschleppt, Zimmerlinden, ganze Blumenbänke. Der Hof glich einem botanischen Garten, nur als der *schöne Herbert* Ostergras über die Katzenkopfsteine streuen wollte, traf ihn der Zorn seiner Mutter.

Neben der Klopfstange wurde aus Wäscheböcken und Brettern eine Tafel errichtet, alles war willkommen, selbst die Bohlen, auf denen der arme Herr Sommer zwischenzeitlich seine letzte Ruhe gefunden hatte. Die Erinnerung daran wurde mit blendendem Weiß überdeckt, die Hartensteins spendierten, zur Verwunderung aller, meterlangen Damast aus der *guten alten Zeit.* Es schien, als wollten sich alle gegenseitig übertreffen. Kalischs verzichteten aufs altbewährte Gulaschrezept und spendierten für jeden Hausbewohner *eine Halberstädter im Naturdarm.* Fräulein König brachte unangebrannten Kartoffelsalat, die Kramern gab einen Teil ihrer überlagerten Obstweinbestände frei, und meine Mutter backte, nach mehrmaligem Durchrechnen des Haushaltgeldes, zwei Apfelkuchen *mit guter Butter*. Ich bastelte, wie in dem von allen Hausfrauen gern gelesenen und von meiner Mutter als richtungweisend anerkannten Magazin *Von Jahr zu Jahr* vorgeschlagen, Männlein aus Backpflaumen, die an ihren Drahtarmen Namensschilder trugen. Die Sitzordnung war der schwierigste Teil der Vorbereitung. Es galt, alte und neue Feindschaften zu berücksichtigen, die Kramern durfte nicht neben der Webern sitzen, Hartensteins nicht neben Schluntzens, und vor allem mußte über die Plätze neben Bruni entschieden werden. Alle Überlegungen waren letztendlich vergebens, kurz vor Festbeginn vertauschte der *schöne Herbert* die Schilder, und es kam, wie es kommen mußte: Schluntzens umrahmten Bruni, vis à vis thronten die Hartensteins, und an der Stirnseite der Tafel, auf dem ehemals Bruni zugedachten Platz, residierte Pötsch, *der Prolet*, wie ihn mein Vater nannte. Pötsch wohnte mit seiner Frau im ersten Stock, der *belle Etage*, und sorgte allabendlich für Unterhaltung im Haus, wenn er auf *Schaukelschuhen* aus der Kneipe heimkehrte und die Scheidungsabsichten seiner Frau für alle gut hörbar über den Hof schallten. Nichtsdestotrotz verließ das Ehepaar Pötsch jeden Morgen Hand in Hand unser Haus: *Pack schlägt sich, Pack verträgt sich*. Aber auch Pötsch hatte sich zur Feier des Tages *fein gemacht*, trug statt der gewohnten Manchesterhosen einen ehemals schwarzen Anzug, dem auch mit Kaffeesatz nicht zu helfen gewesen war. Schluntz kam in *parteigrau*, meine Mutter entschied sich für das *Geblümte*, mir blieb das obligatorische Matrosenkleid nicht erspart, und Fräulein Meta konnte sich vor lauter Stärke in ihrer Kittelschürze kaum setzen. Den Höhepunkt allerdings bildete Bruni, die umhüllt von einem zarten Glanz durch unsere

Hoftür geschwebt kam: Lurex, *der neueste Schrei.* An der Hand führte sie ihren Erlöser herein, dessen leicht froschiger Einschlag nicht zu übersehen war und mich zu der Erkenntnis brachte, daß der Wurf gegen die Wand nicht kraftvoll genug gewesen war. Aber Prinz blieb Prinz, und Brunis Kleid ließ alle Lästerer schweigen. Überhaupt begann das Fest verhalten. Kaum einer wagte ein Gespräch, nur ein zaghaftes Flüstern im vertrauten Kreis der Familie, hin und wieder durch ein leises Tellerklappern unterbrochen. Steif wachten die Hartensteins über das Geschehen, drehten den Kopf abwechselnd nach links und nach rechts, und mir war, als hörte ich das leise Knirschen eines Gewindes in ihrem Hals. Bruni hockte regungslos zwischen Schluntzens, die beide starr auf ihre Teller blickten und schier endlos an einer Bockwurst aßen. Selbst Pötsch strich nervös zwischen zwei Fingerspitzen die ungewohnten Bügelfalten seiner Hose glatt. Hin und wieder ging ein Zucken durch Herrn Schluntz, sein Körper straffte sich, er hob den Kopf, spitzte den Mund, blickte auf Bruni und sank hilflos in sich zusammen. Erst als Brunis froschäugiger Prinz kleine Blechdosen verteilte, kamen die Gemüter in Wallung. Alle bestaunten das Wunder: *Bier in der Dose*, was war dagegen die von allen unwissend als Sensation empfundene *Milch in der Tüte* aus Herrn Liebigs Lebensmittelkonsum. Immer wieder riß Pötsch, begleitet von einem lauten »Oij«, die Metallöse vom Deckel, und selbst als sich Fräulein Meta mit dem scharfen Weißblech in die Unterlippe schnitt, blieb die Stimmung ungetrübt. Lediglich Herr Schluntz ging in die Verweigerung, trank ausschließlich Kramerschen Obstwein und setzte mit der Regelmäßigkeit einer gymnastischen Übung zu einer Rede an. Den Ausschlag gab ein unbekanntes Getränk, das fruchtig schmeckte, an Saft erinnerte und meiner Mutter so vertrauenerweckend erschien, daß sie selbst mich davon kosten ließ. Sogar Herr Schluntz erlag der Versuchung, und nicht nur mir war nach den ersten Schlucken *Apfelkorn* zum Lachen zumute. Schluntzens erwachten aus ihrer Erstarrung, Pötsch lachte mit dröhnendem Baß, und Fräulein Meta riß sich beim Kichern erneut die Wunde an ihrer Lippe auf.

Es begann zu dämmern. Kerzen wurden aufgestellt, alle rückten enger zusammen. Lang zogen sich die Schatten über den bröckligen Putz, die Konturen der Blattpflanzen verschwammen mit denen der Mülltonnen. Von allen unbemerkt war der schöne Herbert verschwunden, er meldete sich wieder mit dem dumpfen Zuschlagen der Waschhaustür, schritt würdevoll im flackernden Schein eines Lampions die schmale Treppe empor und sang dabei mit weitausholender Geste in den schwarzblauen Himmel über den Mauern: *Wenn bei Capri die rote Sonne im Meer versinkt.* Die Begeisterung fand kein Ende.

Vom Beifall getragen, präsentierte der schöne Herbert sein Repertoire: *Was kann der Herbert denn dafür* ... Alle hakten sich unter, schunkelten zu beiden Seiten des Tisches. Die Schluntzens hatten ihre Berührungsängste verloren, rissen beidseitig an Bruni: *Im Salzkammergut da ka' mer gut lustig sein.* Der Prinz schwenkte Fräulein Meta, und die Sommern wiegte die Urne ihres Mannes, dem dieses Fest nicht entgehen sollte, im Arm: *Adelheid, schenk mir einen Gartenzwerg.*

Nunmehr hielt es meine Mutter für angebracht, mich ins Bett zu schicken. Gehorsam, wie es sich für ein Kind gehört, befolgte ich ihren Befehl, verließ das Fest mit der Aussicht, an unserem Badezimmerfenster einen noch günstigeren Beobachtungsposten einzunehmen.

Nichts erinnerte mehr an den Hof, der unverwechselbare Geruch war abgelöst von einer Wolke aus Zigarettenqualm, Alkoholdunst, Parfüm: *Der Duft der großen weiten Welt.* Ich holte das Opernglas aus dem Nachttischkasten meiner Mutter, das sie dort in einem Samtfutteral neben dem Glas mit ihren Gallensteinen und genau einem Dutzend bestickter Taschentücher aufbewahrte, und sah hinunter auf den Hof. Ich sah in die vom Kerzenlicht beleuchteten Gesichter, sah ein Aufflackern von Gier, als der Froschprinz Schokolade verteilte: *Sprengel, Sarotti, Ritter-Sport* – eine Tafel für Mutti, eine Tafel für Vati –, ich sah die Sommern eine Tafel Vollmilch-Nuß unter die Urne schieben.

Noch immer sang der schöne Herbert zum Tanz und trieb damit die Paare über den Hof. Die Hartensteins drehten sich mit der Gleichmäßigkeit von Spieldosenfiguren, Fräulein Meta humpelte so gut es ging im Takt, Herr Schluntz hing Halt suchend an Bruni. Mit letzter Kraft konnte er sich lösen, stand schwankend zwischen den Gummibäumen, prostete in eine imaginäre Menge und setzte gerade wieder zu einer Rede an, als ihn eine von Pötsch geworfene Bierdose am Kopf traf und er haltsuchend in die Blattpflanzen fiel: *Oij!*

Jetzt drehte sich alles um Bruni, die mit schwingendem Rock über den Hof wirbelte, ein Gleißen, ein Glitzern, ein außerirdischer Glanz, nach dem alle zu greifen versuchten, ein Kreischen, ein Toben, ein Stampfen. Am Rande gab es Szenen der Versöhnung, die Weber-Piepen trank unter Schluchzen auf *Fifi* und vergab der vor ihr auf den Knien liegenden *Hauswartsfrau.* Herr Schmücker und Frau Pötsch tranken ununterbrochen Brüderschaft, und Fräulein König zeigte jedem, der ihn sehen wollte, ihren schwarzen Büstenhalter.

Die Zeit für den Abschied war gekommen. Noch einmal schwangen sich alle auf, formierten sich zu einer Polonaise: *So ein Tag, so wunderschön wie heute.* Mit Bruni an der Spitze wälzte sich der Zug über den Hof, zog hüpfend und jauchzend durch den Gummibaumwald hindurch, über den schlafenden Herrn Schluntz hinweg, dazu sang der schöne Herbert mit brechender Stimme: *Muß i denn zum Städtele hinaus.*

Die Verabschiedung dauerte eine weitere Stunde: *Und du mein Schatz bleibst hier.* Nicht nur Fräulein Meta küßte sich die Lippen wund. Erst als der Prinz Bruni gewaltsam aus dem Hof zog, fand das Fest ein Ende.

Am anderen Morgen bot sich ein erschreckendes Bild, zerbrochenes Geschirr, gefällte Gummibäume, zertretene Bierdosen. Einen Tag lang sammelte Fräulein Meta die zwischen den Katzenkopfsteinen verklemmten Kippen und Scherben ein. Noch lange nach dem Fest roch es auf dem Hof säuerlich nach Erbrochenem, Zigarettenrauch, Urin. Doch nach und nach verlor sich der Geruch, die Ratten säuberten gewissenhaft alle Ecken, der Regen spülte den Sand aus den Mulden, und das Waschhausgeländer setzte neuen Rost an.

Die Hausbewohner gingen einander aus dem Weg, wagten nur einen scheuen Gruß, und Fräulein Meta zog bei jeder Begegnung erschrocken ihre Unterlippe zwischen die Zähne.

Es gab kleinere und größere Veränderungen, Herr Schmücker brachte sein Leben in Ordnung und heiratete Fräulein König, Herr Hartenstein erlitt einen Schlaganfall und saß von nun an halbseitig gelähmt am Fenster, die Weber-Piepen kaufte sich einen Wellensittich mit Namen *Bubi Weber*, und Herr Schluntz ging jeden Tag wieder als Schlosser arbeiten.

Ich verbrachte weiterhin, wie ich es immer getan hatte, den meisten Teil meiner Zeit auf dem Hof, schickte Seifenblasen in das viereckige Blau über mir, sah sie emporsteigen, zerplatzen. Der Hof blieb, was er war, dunkel, eng, mit einem eigenen vertrauten Geruch, so wie alle Höfe in dieser Stadt.

5
Das Paradies

Das Paradies begann gleich hinter den Umkleidekabinen. Nur eine morsche Bretterwand trennte es vom übrigen Schwimmbadgelände. Durch die Lüftungsschlitze der hinteren Kabinen konnte ich den schmalen Weg sehen, nicht mehr als ein Pfad. Das Gras war heruntergetreten, die Brennesseln waren zur Seite gedrückt, die Eingangstür hing schief in den Angeln und schien sich leicht öffnen zu lassen. Doch der Eintritt sollte mir auf ewig verwehrt bleiben, denn auf einem verblichenen Pappschild stand unmißverständlich, aller biblischen Geschichte zum Trotz: *Paradies – nur für Männer.* Es erinnerte mich an das *Ich-muß-draußen-bleiben-Schild* an der Konsumverkaufsstelle, wo der schöne Herr Liebig mit Argusaugen über Finkenherder Zuckersirup und Eg-gü Schuhcreme wachte und doch nicht verhindern konnte, daß Frau Kramer, als Fifi noch lebte, Tag für Tag mit ihrem *Liebling* den Laden betrat. *Oder wollen sie dem armen Tier das Herz brechen?*

Beim Paradies wurde keine Ausnahme gemacht. Ich versuchte es mit Bitten, Weinen, drohte mit meinem *gebrochenen Herz*, doch mein Vater blieb hart: mein Platz war *die Decke. Die Decke* war die Kommandozentrale meiner Mutter. Von ihr aus wachte sie über die Vorgänge im Schwimmbad, registrierte erbost, wer ins Gebüsch pinkelte, und drehte meinen Kopf weg, wenn sich in der Nachbarschaft ein Pärchen küßte. Der Liegeplatz wurde sorgfältig ausgewählt. Mein Vater prüfte den Stand der Sonne, den Abstand zu den Nachbarn, den Verlauf von Ameisenstraßen und sorgte dafür, daß meine Mutter *alles im Blick hatte.* Erst dann stampfte er ein etwa zwei Quadratmeter großes Stück Wiese platt, als plane er an dieser Stelle den Bau eines Hauses. Trotz seiner pedantischen Vorbereitungen trat ich oft kurz darauf in eine Glasscherbe oder zog mir an einem herumliegenden Holzstück einen Splitter ein, was allerdings meinem *ewigen Ungeschick* und nicht der Nachlässigkeit meines Vaters zugerechnet wurde. Sobald mein Vater *für uns gesorgt* und die rotschwarz karierte Wolldecke ausgebreitet hatte, verschwand er unerreichbar *im Paradies.*

Die Schwimmbadbesuche gehörten zum Sommer, so wie es zum Osterfest gehörte, daß unabhängig von Temperatur oder etwaigem Schneefall von Strumpfhosen auf Kniestrümpfe gewechselt wurde. Pünktlich zu Beginn der Badesaison holte mein Vater seine kurzen Hosen aus der Kommode und dazu Hemden, die er, obwohl er nie zeltete, Campinghemden nannte. Verwegen öffnete er den obersten Hemdknopf. Und um sich endgültig für den Weg zu rüsten, band er sich ein an den Ecken verknotetes Taschentuch über die lichter werdenden Haare. Ich fand, daß jetzt nur noch eine Wasserflasche aus Büffelfell fehlte, ein Buschmesser oder ein Tomahawk. Das Schwimmbad lag nur wenige Minuten von unserer Wohnung entfernt. Meine Mutter trug die Basttasche mit dem Essen, ich meinen Schwimmring und Tante Elvira, die gezwungenermaßen *an die Luft mußte,* ihre schwarze Handtasche.

Die Vorbereitungen begannen bereits am Samstagabend mit dem Kochen von Pellkartoffeln, denn kein Schwimmbadbesuch ohne Kartoffelsalat. Gemeinsam mit meiner Mutter saß ich am Küchentisch und pellte die Schale von den dampfenden Kartoffeln. *Wenn sie heiß sind, geht es am besten.* Während ich auf meine schmerzenden Finger blies, beobachtete ich durch den Türspalt meinen Vater, der auf dem Korridor versuchte, unsere Badesachen in eine Wolldecke einzurollen. Es war die Übung für das alljährliche Kofferpacken. Mindestens eine Woche vor dem Reisetermin holte mein Vater die beiden Pappkoffer vom Boden, und meine Mutter mußte alle Kleidungsstücke, die wir mitnehmen wollten, auf das Sofa im Wohnzimmer legen. Tagelang versuchte mein Vater, die Wäscheberge millimetergenau in die Koffer einzupassen. Er verstand nicht, wieso meine Mutter täglich einen frischen Schlüpfer anziehen mußte und ich drei Matrosenkleider brauchte. Er würde mit gutem Beispiel vorangehen und sein Hemd nur einmal in der Woche wechseln. Das wiederum brachte meine Mutter zur Verzweiflung. Es war immer das gleiche Bild: wenige Stunden vor der Abreise hockte meine Mutter neben den Koffern, mein Vater gab das Kommando, meine Mutter verlagerte ihr Gewicht, ließ sich auf einen Koffer fallen, mein Vater schrie, weil er sich die Finger an den Schlössern geklemmt hatte. Und wer je die Verzweiflung in seinen Augen gesehen hat, wenn am Ende doch noch ein Pullover oder ein Schuh auf dem Sofa lag, wird meine Erleichterung verstehen, wenn ich feststellte, daß er es endlich geschafft hatte, die Badedecke mit zwei Lederriemen zu verschnüren. Meist stand der Kartoffelsalat dann schon *zum Durchziehen* auf dem Fensterbrett.

Das Verkosten war die Aufgabe meines Vaters. Im Gegensatz zu sonstigen Mahlzeiten, bei denen er auf die Frage, wie es ihm schmecke, antwortete: *Du siehst doch, daß ich esse*, schwelgte er jetzt in Lobeshymnen wie: *Noch ein wenig Salz oder vielleicht noch einen Schuß Essig.*

Die Ausrüstung wurde am kommenden Morgen durch eine Thermoskanne voll Zitronenwasser komplettiert. Die Thermoskanne war ein bedeutender Fortschritt. In den

Jahren zuvor hatte es Zitronenwasser oder Pfefferminztee noch aus der Plastikflasche gegeben. Wie jedes Kind aus meiner Klasse besaß ich eine Flasche in dieser Art. Durch das milchigweiße Plastik waren die Getränke kaum zu unterscheiden, und auch wenn wir gegenseitig die Flaschen austauschten, gab es keine Überraschungen, alles hatte den gleichen modrigen Geschmack. Es war, als würde die Zunge beim Trinken stumpf werden. Die Flaschen unterschieden sich nur durch die farbigen Deckel, die gleichzeitig als Trinkbecher dienten. Das allerdings war auch bei der Thermosflasche so. Und während für den Kartoffelsalat für jeden ein Teller und ein Besteck mitgenommen wurden, *sitz gerade, wenn du mit Messer und Gabel ißt*, sparte meine sonst so penible Mutter aus unerklärlichen Gründen an den Bechern, *es bleibt ja in der Familie.* Ich mußte zusehen, wie Tante Elvira die Oberlippe zurückzog, die Zähne in den Becherrand schlug und das Zitronenwasser durch die Lücken *ihrer Dritten* schlürfte. Die Fruchtfasern verfingen sich in den Zwischenräumen, spannten sich wie ein Pelz über die Zähne, bis Tante Elvira keine Luft mehr bekam, husten mußte und das Fruchtfleisch als Klumpen zurück in den Becher fiel.

Ich versuchte immer, als erste zu trinken. *Du mit deinem Egoismus, Tante Elvira gehört schließlich auch zur Familie.* Schon auf dem Weg zum Schwimmbad war Tante Elviras Betreuung meine Aufgabe. Sie nörgelte ständig, wollte immer stehenbleiben und zog mich in Richtung Eckkneipe: *Ich habe plötzlich so einen trockenen Mund.* Ich durfte nicht nachgeben, aber ich mußte gleichzeitig aufpassen, daß Tante Elvira nicht aus dem Gleichgewicht kam, denn obwohl der Weg durch eine Gartenanlage führte, verzichtete sie nie auf ihre Stöckelschuhe. *Dame bleibt eben Dame.* Mein Vater ging mit federndem Schritt voran, wobei er in regelmäßigen Abständen ein Bein hob und versuchte, die rutschenden Socken bis unter die Knie zu ziehen, links, rechts, links. Er machte damit demonstrativ auf die fehlenden Sockenhalter aufmerksam, die ihm meine Mutter zu den kurzen Hosen verweigerte. Nur das Taschentuch auf dem Kopf hatte er gegen ihren Willen durchsetzen können. Dahinter lief mit einigem Abstand meine Mutter, und am Schluß wankte ich mit Tante Elvira über die lehmigen Wege. *Selbst bei den Polacken waren die Straßen besser gewesen.*

Ich konnte das Schwimmbad schon von weitem riechen. Es war der Geruch des Sommers aus Chlor, Schweiß, Nußöl, und wenn die Wiese frisch gemäht war, kam der Duft frischen Heus dazu. Die geflieste Eingangshalle war kühl. Erwachsene 20 Pfennig, Kinder 10 Pfennig, Kabine 2 Mark, Schlüsselpfand 5 Mark. Die anderen Dinge auf dem Schild über der Kasse *interessierten uns nicht.* Nie liehen meine Eltern eine Klappliege aus oder wenigstens einen Liegestuhl. Und eine Umkleidekabine wurde nur an den Tagen genommen, an denen Tante Elvira wünschte, ins Wasser zu gehen. Ich achtete darauf, daß die Kabine im hinteren Teil der Holzbaracke lag. Dann konnte ich mich unter einem Vorwand hineinschleichen und durch die Lüftungsschlitze *die Tür zum Paradies* beobachten. Mich wunderte, daß der Eingang nicht bewacht wurde. Weder Petrus stand bereit, um die Bewerber auf ihre Glaubwürdigkeit zu prüfen, noch kontrollierte ein Engel die Eintrittskarten. Ohne Karte kein Einlaß, das war im Schwimmbad so, und auch bei meinem ersten Kinobesuch mußten wir uns vorher an der Kasse anstellen. Leider war die Vorstellung für mich nur sehr kurz gewesen. Meine Mutter hatte *den Leichtsinn begangen*, meinem Bitten nachzugeben und mich mit in einen *ihrer Filme* zu nehmen. Endlich sollte ich die von ihr angebeteten Schönheiten im Original sehen. Sie sprach von einem Meisterwerk, von einem berühmten Roman, von berühmten Menschen, die diesen Film gedreht hatten, und natürlich von berühmten Schauspielern, die darin mitspielen durften. Meine Befürchtung, daß ich mich vor lauter Berühmtheiten langweilen könnte, war unbegründet. Schnell war klar, daß der Inhalt des Films darin bestand, daß ein Mann mit liederlichem, bis zum Bauch aufgeknöpftem Hemd ständig hinter einer großbrüstigen Blondine herrannte, sich mit ihr in Ecken, Nischen und Heuschobern herumdrückte, statt sich mit ihr wie ein vernünftiger Mensch in seiner Wohnung zu treffen. Als es ihm gelang, sich mit der Frau in einem Pferdestall einzuschließen, wurde meine Mutter unruhig, während sich die beiden küßten, rutschte sie auf ihrem Klappsitz hin und her. Und als sie begannen, sich die Sachen vom Leib zu reißen, ohne sie ordentlich über einen Stuhl zu legen, verließ meine Mutter mit mir fluchtartig das Kino. Der Anfang unserer Flucht gestaltete sich unauffällig, da wir des Geldes wegen in der ersten Reihe saßen, auf Plätzen, die bei meinen Eltern wegen der ungünstigen Sitzhaltung *Rasiersitz* hießen. Wir kamen bis zur Treppe, dann beendete der Vorhang vor der Ausgangstür unsere Flucht. Gefangen zwischen dem dicken Stoff hörte ich, wie der Mann die Frau so quälte, daß sie unentwegt stöhnen mußte. Ich schlug um mich. Glücklicherweise stand der Kartenabreißer bereit, um uns aus unserer mißlichen Lage zu befreien.

Auch wenn ich einen Cherubim mit Flammenschwert für etwas übertrieben hielt, fand ich doch, daß der Paradieseingang bewacht werden sollte. Überhaupt waren einige Dinge nicht so, wie sie sein sollten. Der Baum der Erkenntnis war eine Kastanie. Bei anhaltender Trockenheit fielen kleine stachlige Kugeln nach unten und bildeten einen grünen Teppich. Ich konnte mir allerdings nicht vorstellen, daß mein Vater jemals davon aß, da für ihn außer

Rotkohl alle anderen Gemüse *Unkraut* waren. Auch eine Schlange konnte ich nirgendwo entdecken. Nur hin und wieder zwängte sich ein halbnackter Mann durch die Tür. Wo war eigentlich Eva? Ich wartete auf sie, auch wenn mir mein Vater erklärt hatte, daß *das wahre Paradies ohne Frauen sei und nicht einmal Frau Goldhuhn Zutritt haben würde.* Ich kannte die Männer, die das Paradies betreten durften. Oft spielten sie auf der Freifläche vor den Duschen Fußball, oder sie saßen auf den Bänken am Schwimmbecken, rauchten und beschimpften alle Kinder, die ins Wasser sprangen und spritzten. Jetzt sah ich sie mit um die Hüften gebundenen Handtüchern aus dem Paradies herauskommen. Sie nahmen das Geheimnis mit unter die Dusche.

Ich durfte nicht zu lange in der Kabine bleiben. Ich mußte mich neben der Decke umziehen. Dafür hatte meine Mutter extra ein Badetuch zusammengenäht und durch den oberen Rand Gummi gezogen. Es war wie eine Glocke, in deren Schutz ich mich ungestört bewegen konnte. Trotzdem ging ich vorsichtshalber noch in das nächstgelegene Gebüsch. Meist trat ich dabei in eine Glasscherbe, in Brennesseln oder wurde von Ameisen gebissen.

Ich hatte meine Eltern noch nie nackt gesehen. Bevor sie sich am Abend auszogen, löschten sie das Licht. Auch das Schlüsselloch von unserem Badezimmer war von innen her mit Zeitungspapier ausgestopft.

Ich konnte mir nicht vorstellen, daß mein Vater meine Mutter jemals nackt gesehen hatte, aber wenn ich dem Lehrbuch glaubte, das meine Schulfreundin Brigitte heimlich von ihrer älteren Schwester geborgt hatte, mußte es wenigstens einmal geschehen sein. Unter dem Kapitel *die Fortpflanzung des Menschen* lasen wir von *Samenfäden, Eizellen* und *Geschlechtsteilen*, die *Scheide* und *Penis* hießen. Zu Hause bei uns gab es keine Bezeichnung dafür. *Vergiß nicht, dich untenherum zu waschen*, gab mir meine Mutter jeden Abend mit auf den Weg ins Badezimmer. Sie hatten es nicht einmal mit Schmetterlingen oder Bienen versucht. Das Geheimnis meiner Geburt wurde mit *dich hat ein Esel im Galopp verloren* bis *als du noch als Quark im Schaufenster lagst* beschrieben. Da war mir die Gepäckschließfachvariante meiner Freundin Brigitte lieber, bis wir die Wahrheit schwarz auf weiß in dem Lehrbuch sahen, mit eingezeichneten blauen *Samensträngen*. Fortan suchten wir in den Sportstunden die Nähe der Jungsriege. Besonders günstig waren Übungen am Reck. Man brauchte sich nur wie zufällig den Schuh zu binden, ein schneller Blick nach oben, wenn beim Felgaufschwung die Turnhose verrutschte, um zu sehen, daß da irgend etwas anders war als bei Mädchen. Zu längeren Vergleichen mit den Abbildungen im Lehrbuch blieb leider keine Zeit. Auch mußten wir unsere Studien bald einstellen, denn die meisten Jungen kauften sich, als sie unsere Absicht bemerkten, Turnhosen mit eingearbeitetem Slip.

Im Schwimmbad waren die Jungen nur auf ihre Badehosen angewiesen. Besonders, wenn die Hosen naß waren, wurde in mehr oder weniger deutlichen Umrissen die Abbildung aus dem Biologiebuch sichtbar. Und wenn ich lange genug wartete und Glück hatte, verrutschte eine Hose beim Kopfsprung, oder die Jungen zogen sich beim Haschespielen so stark am Bund, daß der Gummi riß und der Betroffene mit zusammengerafftter Hose das Wasser verlassen mußte. Noch günstiger waren die Dreieckbadehosen, es genügte ein Ruck an den seitlichen Bändern, und dem Gepeinigten blieb nur noch die Flucht unter die Dusche.

Allerdings hatte ich beim Badengehen meist vollauf mit mir zu tun, denn mein Badeanzug war aus einem in Mode gekommenen Stoff, der *Malimo* hieß und die Eigenschaft besaß, sich im Wasser auszudehnen. Wenn ich nicht aufpaßte, rutschten die Träger beim Schwimmen von den Schultern, oder die Jungen konnten von oben in meinen Ausschnitt gucken. Am schwierigsten wurde es, wenn ich das Becken verlassen wollte. Das Wasser blähte meinen Anzug auf, und je höher ich auf der Leiter stieg, um so tiefer wurde er durch das herauslaufende Wasser nach unten gezogen.

Meine Mutter trug einen Badeanzug aus Silastik mit herausnehmbaren Plastikkörbchen, die sie in verschiedenen Größen in ihrem Wäschefach gleich neben den Kinoprogrammheften versteckt hielt. Es war bei Androhung schwerster Strafe verboten, im Schwimmbad in die Nähe ihrer Brust zu kommen. Vor allem an den Tagen, an denen sie die größte Variante wählte und, zumindest was die spitze Brust betraf, aussah wie die Frauen auf den Titelseiten der Hefte, war höchste Alarmstufe geboten. Es passierte beim Ballspielen. Lange hatte ich den Jungen von der Nachbardecke fixiert, war mit meinem Ball vor seiner Decke auf und ab gelaufen, bis er endlich aufgestanden war und eher gelangweilt gefragt hatte, ob er mitspielen dürfe. Wir einigten uns auf *müde – matt – krank – tot*. Es war ein Fehler gewesen. Wie alle Jungen nahm er das Ballspielen ernst, wollte unbedingt gewinnen und versuchte, mich durch unfaire Schüsse aus dem Rennen zu werfen. Er zielte auf meine Füße, schoß scharf oder probierte, den Ball über mich hinwegzuspielen. Ich merkte, wie er wütend wurde, weil ich trotzdem alle Bälle fing. Während ich noch nicht einmal *müde* war, stand er kurz vor seinem *Tod*. Er versuchte meinen Kopf zu treffen. Mit einer lässigen Bewegung fing ich den Ball mit einer Hand. Die Freude über meinen bevorstehenden Triumph machte mich nachlässig, der Ball rutschte mir über die Fingerspitzen und flog wie von einem Magneten angezogen in Richtung unserer Decke. Es half nichts, daß ich mich hinterherhechtete. Auf dem Bauch liegend, sah ich den Ball gegen die Kartoffelsalatschüssel prallen, Tante Elvira am Kopf treffen. Ich konnte nicht mehr hinsehen, preßte mein Gesicht in das Gras. Trotzdem hörte ich den dumpfen Schlag. Als ich den Kopf wieder hob, sah ich die Delle in der linken Brust meiner Mutter. Der Versuch, das Körbchen von innen wieder herauszudrücken, brachte nur einen mäßigen Erfolg. Unter dem Stoff waren deutlich die scharfen Kanten des gebrochenen Plastikgitters zu erkennen. Die Stunden danach saß ich mit brennendem Gesicht neben Tante Elvira auf der Decke. Tante Elvira trug auch im Schwimmbad ihr schwarzes Jackenkleid und dunkelbraune Silastikstrümpfe, die über den Lackschuhen *Wasser zogen.* Sie saß kerzengerade auf der Decke, preßte die Handtasche an den Körper und wartete, daß sie wieder nach Hause gehen konnte. Nur bei den Mahlzeiten wurde sie munter und aß große Mengen Kartoffelsalat. Hinterher klagte sie über Magendrücken, preßte die Hand auf den Bauch und begann leise zu rülpsen. Dieses Benehmen, das jeglicher *Etikette* widersprach, auf die Tante Elvira sonst so großen Wert legte, hatte nur ein Ziel. Gleich neben dem Eingang war ein Kiosk. Dort verkaufte ein tätowierter Mann, den alle Locke nannten, obwohl er einen kahlgeschorenen Kopf hatte, Bockwürste, Buletten, Limonade und Eis. Oft stand ich neben dem Schalterfenster und beobachtete die Kinder, die sich rote Faßbrause oder Othello-Eis kaufen durften. Über den rechten Unterarm von Locke zog sich eine vollbusige Schönheit, die auch ohne Plastikeinsätze eine große Brust hatte, und in einem Herz darunter stand *I love you Uschi.* Ich beneidete Uschi. Mein Bild würde nie den Unterarm eines Mannes zieren. *Ei, was hab ich da entdeckt, zwei Erbsen, auf ein Brett gezweckt,* war einer der üblichen Sprüche, den die Jungen riefen, wenn sie in der Schule nach einem Blick in den Mädchenumkleideraum vor uns flüchteten. Obwohl ich noch nicht in der immer wieder angekündigten Pubertät war, wurde das Wachstum meiner Brust von meiner Mutter aufmerksam beobachtet. *Das Kind wird doch keine Hühnerbrust bekommen.* Und da ich nicht auch noch wollte, daß mir Federn wuchsen, trank ich bei Tante Mürzel und Onkel Willi die als Wundermittel gepriesene lauwarme Ziegenmilch und rieb mir die nicht vorhandene Brust mit roher Zwiebel ein. Doch nichts brachte mich auch nur annähernd in den Bereich der tätowierten Uschi. Meine Mutter fand Tätowierungen abstoßend. Es zeuge von einer minderen Intelligenz und war in ihrer Abneigung gleichgesetzt mit Rauchen oder Geschiedensein. Abgesehen davon kauften wir nichts am Kiosk. Zum einen waren derlei Ausgaben in der Haushaltführung meines Vaters nicht vorgesehen, und zum anderen *schmeckt es zu Hause am besten.* Noch Jahre später glaubte ich, daß *Gaststättenessen krank macht.*

Nur wenn es Tante Elvira gelang, durch lautes Rülpsen die Aufmerksamkeit der Deckennachbarn auf sich zu ziehen, *wurde eine Ausnahme gemacht* und bei Locke eine Schluckflasche Weinbrandverschnitt gekauft. Dann saß Tante Elvira glücklich auf der Decke. Bevor sie trank, hielt sie die Flasche eine Zeitlang wie ein krankes Vögelchen zwischen den gefalteten Händen. *Vorfreude ist die schönste Freude.* Tante Elvira kämpfte um jeden Tropfen, und manchmal passierte es, daß sie sich beim Trinken zu weit nach hinten lehnte und auf den Rücken fiel. Unter dem nach oben gerutschten Rock kamen die Strumpfhalter zum Vorschein. Schnell breitete meine Mutter ein Handtuch darüber und tat, als ob die Tante schlafen wollte. Aber Tante Elvira wollte nicht schlafen. *Jetzt war ihr endlich warm, und sie wollte schwimmen.*

An diesem Tag wurde eine Kabine gemietet, und ich konnte meinen Späherposten an den Lüftungsschlitzen einnehmen. Tante Elvira hatte einen schwarzen Badeanzug mit halblangen Ärmeln und einem tiefen Dekolleté. Ihre Haut war weiß und faltig, sah von weitem aus wie Papier. Ich hatte Angst, daß sich Tante Elvira im Wasser auflösen könnte. Über ihre *Lockwelle* stülpte sie eine Badekappe mit Rüschen. Damit sah sie aus wie die Käthe-Kruse-Puppe, die auf der Lehne unserer Couch saß. Für das Ankleiden war meine Mutter verantwortlich, während mein Vater Tante Elvira zum Beckenrand und die wenigen Stufen ins flache Wasser führte. Bei der ersten Berührung mit dem Wasser kreischte Tante Elvira auf, je höher das Wasser an ihrem Körper stieg, um so lauter wurden ihre Schreie. Mein Vater hielt sich dicht am Beckenrand, damit ihn seine Freunde, die auf den Bänken saßen, nicht sehen konnten. Sobald Tante Elvira zu Wasser gelassen war, verschwand er fluchtartig im Paradies. Auf die Vorwürfe meiner Mutter, daß es schließlich seine Schwester sei und sie die Verantwortung für Tante Elvira nicht übernehmen würde, antwortete mein Vater bereits im Weglaufen, *er sei nicht aus der Welt, und wir sollten ihn holen, falls Tante Elvira ertrank.*

Tante Elvira blieb immer im flachen Wasser. Sie planschte wie ein Säugling und erzählte dabei, daß sie früher die Meisterschaften im Langstreckenschwimmen gewonnen hatte. Dabei fixierte sie mit zusammengekniffenen Augen einen Punkt am Horizont, der weit hinter dem Ende des Schwimmerbeckens lag. *Aus Sicherheitsgründen* trug Tante Elvira im Wasser keine Brille, und so passierte es, daß sie beim Herumplanschen die Richtung verfehlte und ins *Tiefe* lief. *Das Tiefe* wurde mit einer Korkkette vom Nichtschwimmerbecken getrennt, eine magische Grenze. Noch vor einem Jahr hatte mein Vater den Ehrgeiz besessen, mich das Schwimmen zu lehren. Es hatte zu Hause mit dem Üben von Schwimmbewegungen auf dem Wohnzimmerteppich begonnen und damit geendet, daß mein Vater mich ohne Schwimmring zur Kette getragen hatte. Ich sollte mich festhalten, aufs Wasser legen und die Beine lang machen. *Und eins und zwei und eins und zwei.* Ich schloß die Augen, um mich besser konzentrieren zu können. *Und eins und zwei.* Die Stimme meines Vaters wurde immer leiser. Ich öffnete die Augen, sah ihn mit verschränkten Armen am Beckenrand stehen. *Und eins und zwei.* Schlagartig sanken meine Beine nach unten, ich spürte, daß ich keinen Grund unter den Füßen hatte. Ich schrie. Erst leise, dann laut. Mein Leben hing an einer dünnen Korkkette. Wasser schwappte in meinen Mund. Aus den Schreien wurde ein leises Gurgeln. *Hilfe, Hilfe.* Neben meinem Vater standen einige seiner Paradiesfreunde und guckten neugierig zu, wie ich ertrank. Mein Kopf war bereits unter Wasser, als ich nach oben gerissen wurde. Ich schnappte nach Luft, sah den Himmel über dem Schwimmbad und wurde zur Leiter gezogen. Es war meine Mutter. Ich hatte nicht bemerkt, wie sie ins Wasser gesprungen war, die sonst nach oben toupierten Haare hingen ihr in nassen Strähnen vom Kopf. Die Dramatik der Rettungsaktion konnte ich daran ermessen, daß meine Mutter Stunden danach immer noch mit eingedrückter Brust auf der Decke saß. An diesem Tag blieb mein Vater bis zur Schließung des Schwimmbades im Paradies.

Seitdem ging ich nur noch mit Schwimmring ins Wasser. Tante Elvira mochte meinen Schwimmring. Manchmal legte ich ihr den Ring über den Kopf, dann lachte sie, machte hektische Schwimmbewegungen und sagte, daß sie *noch einmal weit hinausschwimmen wollte.*

Die Idee kam mir an einem heißen Augusttag. Es war Mittagszeit, der Kartoffelsalat schmeckte wie immer, Tante

Elvira aß die dreifache Portion, und nach dem Essen folgte der übliche Auftritt. Doch sie hatte Pech, niemand in der Nähe unserer Decke sah zu uns herüber, und so blieb Tante Elviras Rülpsen von meiner Mutter unbeachtet. Die Tante wand sich in Krämpfen, meine Mutter sah einfach in eine andere Richtung. *Wer nicht hören will, muß fühlen.* Um meinen Plan nicht zu gefährden, blieb mir keine andere Wahl: *Ich muß mich übergeben.* Die Worte *kotzen* und selbst *brechen* waren in meinem Wortschatz nicht vorgesehen. Wenn ich auf die Toilette mußte, dann nur *klein oder groß austreten. Wir waren schließlich nicht aus der Gosse.* Meine Mutter fühlte meinen Puls, faßte mich an die Stirn und ließ sich die Zunge herausstrecken. Tante Elvira erkannte die Chance, jammerte in den höchsten Tönen, und ich stimmte stöhnend ein. *Hast du jetzt auch noch das Kind angesteckt?* Für einen Moment bekam ich Angst, meine Mutter würde mir, um Ruhe zu haben, ebenfalls bei Locke eine Schnapsflasche kaufen. Zwar wußte ich, daß sie der Meinung war, daß *Alkohol dumm machte und den Charakter verdarb.* Aber ich dachte auch an unser Hoffest und den Apfelkorn, den sie mir versehentlich genehmigt hatte. Die Erinnerung an die Übelkeit am nächsten Morgen ließ Brechreiz in mir aufsteigen. Jetzt wurde auch meine Mutter blaß. *Es ist besser, wenn wir gehen.* Es war alles umsonst gewesen. In Eile begann sie, alles zusammenzuräumen. Doch gerade, als sie die Luft aus meinem Schwimmring drücken wollte, erschien die Rettung in der Person des Bademeisters, der hin und wieder sein Terrain abschritt und dafür sorgte, daß niemand Punkt eins bis Punkt zehn der Badeordnung, die gleich neben dem Eingang aushing, mißachtete: *Den Aufforderungen des Bademeisters ist unbedingt Folge zu leisten.* Interessiert sah er zu unserer Decke herüber. *Vielleicht kann uns der nette junge Mann helfen*, Tante Elvira winkte ihm zu.

Meine Mutter *zückte schlagartig ihr Portemonnaie* und schickte mich, damit sich die Situation entspannte, mit Tante Elvira zum Kiosk. *Das Laufen wird dir guttun.*

Bei Locke herrschte wie immer großer Andrang. Tante Elvira trippelte aufgeregt neben mir hin und her. Je näher wir dem Schalterfenster kamen, um so unruhiger wurde sie. Unentwegt redete sie auf mich ein, ich sollte die Gelegenheit nutzen und ihr zwei Flaschen holen, keiner würde es merken, *auf einem Bein könne man nicht stehen.* Meine Mutter hatte mir aufgetragen, für Tante Elvira *das Übliche* zu holen. Allerdings hatte sie in der Eile vergessen, das Geld in ihrem Portemonnaie nachzuzählen. *Doppelt hält besser*, flehte Tante Elvira. Ich wurde unsicher. Nur noch zwei Kinder vor mir, dann war ich an der Reihe. Sollte ich meine Mutter betrügen? Was sollte ich sagen, wenn sie es merken würde? Das Geld wäre mir aus der Hand gefallen? Es gab Lügen und Notlügen. Eine Notlüge war, wenn meine Mutter zu meinem Vater sagte, daß sie für die kranke Frau Kramer Tabletten aus der Apotheke holen mußte und statt dessen für ein Stündchen zu Frau Sommer *quatschen ging.* Oder sie erzählte ihm, daß ich meine Turnschuhe verwachsen hätte, obwohl mein Turnzeug unauffindbar in irgendeiner Straßenbahn spazierenfuhr, damit sie problemlos seinen Anteil für den Kauf neuer Schuhe bekam. *Wer etwas erreichen will, muß Opfer bringen*, sagte mein Vater immer. Es mußte ja nicht gleich der Bruder sein wie bei Kain und Abel. Mein Vater *opferte sich*, bei Familienfeiern, das letzte Stück Kuchen zu essen. Und er opferte beim Schachspielen einen Bauern, um seinen König zu erhalten. Aber das würde meine Mutter nie begreifen, *da Frauen bekanntermaßen ein kleineres Gehirn hatten als Männer.*

Ich verlangte zwei Flaschen. Locke schaute auf Tante Elvira und mich und schob mir grinsend die beiden Flaschen über die Theke. *Betrinkt euch nicht.* Eigentlich war der Alkoholausschank an Kinder verboten. Vom herumspritzenden Fett getränkt, hing das staatlich verordnete Jugendschutzgesetz über dem Bockwursttopf. Aber jeder im Schwimmbad wußte, daß es Locke *nicht so genau nahm.* Die Jungen aus meiner Schule kauften bei ihm einzelne Zigaretten, das Stück für 16 Pfennig, die sie heimlich in der Toilette rauchten. Die erste Flasche trank Tante Elvira sofort im Stehen, damit ich die leere Flasche im Papierkorb verschwinden lassen konnte. Fröhlich pfeifend, soweit es *ihre Dritten* zuließen, folgte mir Tante Elvira auf die Decke. Wie üblich saß dort mein Vater und *aß die Reste.* Es galt als weiterer Beweis seiner Bescheidenheit, daß er nach uns aß, aber ich hatte den Verdacht, daß er genau wußte, daß meine Mutter ihm immer den *Löwenanteil* übrigließ. Er hatte Glück, daß er mit dem Essen fast fertig war, denn Tante Elvira begann sich angesichts der Decke sofort ihre Kleider vom Leib zu reißen. Meiner Mutter gelang es in letzter Minute, ihr das zusammengenähte Badetuch über den Kopf zu stülpen, bevor Tante Elvira in Büstenhalter und Strumpfhaltergürtel auf der Decke stand. An anderen Tagen hätte ich bedauert, daß wir nun keine Kabine brauchen würden, aber jetzt war ich froh über die Geschwindigkeit, mit der ich mich meinem Ziel näherte. Alles weitere war Formsache. Mein Vater führte die Tante ins Schwimmbecken. Meine Angst, daß er dieses Mal vielleicht bleiben würde, war unbegründet, denn Tante Elvira war besonders ausgelassen und juchzte bei jedem Wasserspritzer, so daß man es im gesamten Schwimmbad hören konnte. Mit einem *du weißt ja, wo ich bin* rannte mein Vater davon. Zufrieden planschte Tante Elvira im Nichtschwimmerbecken, ich saß mit meinem Schwimmring daneben und wartete, bis sich eine Gelegenheit bot, ihn Tante Elvira über den Kopf zu stülpen. Eine Schwierigkeit, die ich vorher nicht bedacht hatte, bestand darin, den Schwimmring über Tante Elviras Brust zu ziehen. Obwohl sie keine Plastikkörbchen trug, zeigte es sich, das mein Schwimmring etwas zu klein war. Ich stemmte mich mit beiden Händen auf den Ring, drückte ihn nach unten, überwand die Brustpartie und stellte entsetzt fest, daß die Arme mit im Ring steckten. Nur wenn es mir gelang, Tante Elviras Arme anzuwinkeln, würde ich sie aus dem Ring herausziehen können. Ich zog an den Ellenbogen, vergebens. Tante Elvira schien es nicht zu stören, daß ihre Arme wie von einer Schraubzwinge an den Körper gepreßt wurden. Der Ring saß jetzt fest, ließ sich weder nach oben noch nach unten schieben. Ich mußte die Tante dazu bringen, ihre Arme selbst aus dem Ring zu ziehen. Wir machten ein Spiel. *Alles, was Flügel hat, fliegt hoch in die Luft.* Autos fliegen, Schränke fliegen. Tauben fliegen, die Arme ruckten im Ring. *Kosmonauten fliegen.* Es war mühsam gewesen, Tante Elvira beizubringen, daß Kosmonauten fliegen konnten. Stolz, daß sie es endlich begriffen hatte, riß sie ihre Arme aus dem Ring.

Heute werden wir weit hinausschwimmen. Begeistert machte Tante Elvira Schwimmbewegungen. Vorsichtig drehte ich sie mit dem Ring in Richtung Schwimmerbekken, es genügte ein leichter Stoß, und sie trieb langsam in Richtung Korkkette. Ich folgte dem Ring, bis mir das Wasser bis zum Kinn reichte und ich Angst bekam, unterzugehen. Ich zögerte einen Moment, doch ich mußte es tun. Bevor Tante Elvira aus meiner Reichweite trieb, zog ich an dem Ventil. Mit leisem Zischen strömte die Luft aus dem Ring. Der Moment, auf den ich so lange gewartet hatte, war gekommen. Ich lief zurück zur Leiter. Als ich oben am Beckenrand stand, drehte ich mich noch einmal um und sah entsetzt, daß es Tante Elvira nicht bis zu der Kette schaffen würde. Ich rannte in Richtung Umkleidekabinen.

Der heiße Asphalt brannte unter meinen Füßen. Hinter mir hörte ich das hektische Pfeifen des Bademeisters. Ich erreichte die Kabinen. Nur noch wenige Meter trennten mich von der Holztür. Brennesseln peitschten meine Waden, ich stolperte über einen heruntergefallenen Ast. Endlich stand ich vor dem Eingang zum Paradies. Ich spürte ein Kribbeln im Bauch, es war wie am Weihnachtsabend beim Geschenkeauspacken, der Moment, an dem ich noch einmal kurz innehielt, mir vorstellte, was alles in dem Paket sein könnte, bevor ich am Schleifenband zog und das Papier sich löste. Ich riß die Holztür auf und erstarrte. Frau Goldhuhn hatte uns das Paradies in den schillerndsten Farben beschrieben, und auch wenn ich Frau Goldhuhn nicht sehr mochte, war ich doch verwundert, daß sie sich so täuschen konnte. Was ich jetzt sah, mußte die Hölle sein. Dicht an der Bretterwand lagen auf einer langen Reihe grauer, von der Sonne gebleichter Holzpritschen nackte Männer. Als ich eintrat, hoben sie ihre Köpfe, setzten sich fast gleichzeitig auf und sahen mir erwartungsvoll entgegen. Ich starrte auf die behaarten Körper und auf die Bäuche, die das einzige Körperteil, daß mich interessiert hätte, verdeckten. Es war wie vor dem Affenkäfig im Zoo, sobald man in die Nähe des Geheges kam, sprangen die Tiere an das Gitter, streckten ihre Arme zwischen den Stäben hindurch und blickten den Besuchern neugierig entgegen. Der Unterschied war nur, daß jetzt die Gitter fehlten. Ich haßte frei herumlaufende Tiere. Bei jedem Zoobesuch ging meine Mutter mit mir in den sogenannten Tierkindergarten, ein Gehege, in dem Tiere und Besucher zusammen eingesperrt waren und gemeinsam den Gestank von Mist und Hühnerkacke ertragen mußten. Die Schwierigkeit bestand vor allem darin, nicht in Ziegenkot zu treten oder auf einem Kuhfladen auszurutschen. Das Ganze galt als *pädagogisch wertvoll, diente meiner Erziehung,* und ich war mir sicher, daß ich mehr Angst vor den Tieren hatte als umgekehrt. Ich zuckte zusammen, wenn sich eine Herde Lämmer panisch den Weg durch die Menge bahnte, und war kurz davor, um Hilfe zu schreien, wenn die Aussicht bestand, daß mich ein Huhn berühren könnte. Aber ich tat meiner Mutter den Gefallen, betrachtete scheinbar aufmerksam mümmelnde Kaninchen, sich suhlende Schweine und ließ über mich ergehen, daß ein gefräßiger Ziegenbock mir die Kekse aus der Jackentasche fraß, die ich vorher mühsam von meiner Mutter an einem Imbißstand erbettelt hatte. Dabei beobachtete ich, wie ein junger Schimpanse einem anderen Affen von oben auf den Rücken pinkelte.

Mein nackter Vater kam auf mich zu. Ich sah an den Mundbewegungen, daß er mit mir sprach, aber ich hörte nichts. Ich hatte das Gefühl, innen hohl zu sein. Auch die anderen Männer hatten sich erhoben. In einer geschlossenen Reihe kamen sie mir entgegen. Ich sah sie näher kommen, sah, was ich schon immer sehen wollte, aber statt mich zu freuen, konnte ich immer nur eines denken: *Dafür habe ich Tante Elvira geopfert.*

6
Vorsicht

Mein Vater galt als bescheiden. Er aß, ohne zu mäkeln, bettelte nicht ständig um ein Stück Würfelzucker, griff nie nach dem größten Stück Kuchen, sondern wartete, bis es ihm meine Mutter auf den Teller legte. Er suchte nicht vor seinem Geburtstag im Kleiderschrank nach Geschenken und konnte geduldig warten, bis sich die Tür des Weihnachtszimmers öffnete. Er vermochte es sogar, sie den ganzen Heiligen Abend lang eingepackt unter dem Weihnachtsbaum liegenzulassen und erst am nächsten Morgen zu öffnen. Und vor allem stritt er sich nicht an jedem Sonntagnachmittag, wenn, was immer wieder betont wurde, mir zuliebe *Menschärgeredichnicht* gespielt wurde, um die Farbe seiner Steine. Bescheiden wie er war, überließ er mir meine Lieblingsfarbe *Blau – Blau wie das Meer und meine Matrosenkleider* – und machte auch Tante Elvira die grünen Steine – *Grün ist die Hoffnung* – nicht streitig. Er wartete, bis sich meine Mutter für *Rot wie die Liebe* entschieden hatte, und nahm, ohne zu murren, das von allen geschmähte *Gelb.*

Trotzdem war *Gelb* auf dem ganzen Spielfeld gefürchtet, und selbst Tante Elvira begann unruhig zu pfeifen, wenn sich ihren Steinen ein *Chinese* näherte. Denn nie versäumte es mein Vater, einen Stein hinauszuwerfen, und im Gegensatz zu meiner Mutter, die hin und wieder *ein Auge zudrückte*, wurde selbst ich von ihm nicht geschont. *Man muß auch verlieren können.*

Sonntagnachmittag um Sonntagnachmittag trat ich mit meinen blauen Steinen und der immer neuen Hoffnung an, endlich einmal zu gewinnen, um an den Grundsätzen meines Vaters zu scheitern.

Merkwürdigerweise war er es, der jedes Spiel gewann, und auch das galt, da er nur *mir zuliebe* mitspielte und es als *Familienvorstand* nicht nötig hatte, zu gewinnen, als das Resultat seiner Bescheidenheit. Und überhaupt war das wöchentliche *Menschärgeredichnicht*-Spiel ein großes Zugeständnis meines Vaters, denn kaum etwas anderes war ihm so verhaßt wie Glücksspiele. Er gehörte nicht zu denen, die ihr Geld Woche für Woche für Lottoscheine *auf die Straße warfen*, er ließ sich von keiner Losbude *das Geld aus der Tasche ziehen.* Selbstverständlich erwartete er von der übrigen Familie, daß wir seine Prinzipien teilten und uns nach ihnen verhielten. Glücksrad, Los- und Würfelbuden sollten mir ein Leben lang verwehrt bleiben. Doch je länger die angeordnete Abstinenz dauerte, um so begehrenswerter erschienen sie mir. Sehnsüchtig sah ich nach den bunten Lichterketten, den flimmernden Kleeblättern und Fliegenpilzen, den überfüllten Regalen, wenn ich an der Hand meines Vaters über den Weihnachtsmarkt oder einen Rummel ging. Noch wenn ich die Augen schloß, sah ich die in glitzernde Folie verpackten Geschirrtücher, Porzellanfiguren, Babypuppen, Riesenteddybären. Ich liebte die heiseren Rufe der Losbudenbesitzer, ihre Versprechungen vom großen Glück. Der Klang des Gongs erschien mir wie der Ton aus einer fernen Märchenwelt, der das Wunder ankündigte: *Hauptgewinn.*

Noch wochenlang nach einem Rummelplatzbesuch beherrschte mich das Verlangen, einmal ein Los ziehen zu dürfen, und obwohl mir Betteln verboten war, bat ich meinen Vater vor jedem Rundgang darum. Mein ständiges Bitten, *meine Nörgelei* brachten ihn endlich dazu, nachzugeben. Er nannte es: *Mir eine Lektion erteilen.*

Das Unfaßbare geschah, vor Beginn unseres nächsten Rummelplatzbesuchs überreichte mir mein Vater ein Markstück. Es war *die eine Mark*, die er mir sonst für unseren Rundgang *spendierte* und über deren Verwendung nur er verfügen durfte. Und nun sollte ich plötzlich mit dem Geld *tun und lassen können, was ich wollte.*

Während des ganzen Weges zum Rummel preßte ich das kühle, silberglänzende Geldstück zwischen meinen Fingern. Schon von weitem hörte ich die bekannten Geräusche: das Kreischen aus den Lautsprechern der Geisterbahnen, die Schlager der Karussells, die Gongschläge, das Schreien, das Heulen der Sirenen. Wie auf einer Woge trieb ich dem Rummel entgegen.

Gleich neben dem Eingang stand die erste Losbude. Verführerisch flimmerten die Lichterketten an der Fassade. Vor den Spiegelwänden standen Pyramiden aus Biergläsern, türmten sich Konservendosen, Weinflaschen und *Menschärgeredichnicht*-Spiele. Auf einer Glasscheibe drehte sich eine Tänzerin aus Porzellan. Daneben saß ein überlebensgroßes Schwein und nickte mir aufmunternd zu. *Vier Lose eine Mark!* schrie der Losverkäufer und klapperte mit dem Deckel seines Bauchladens. Allein stand ich den unzähligen Gewinnen gegenüber und wußte nicht, wofür ich mich entscheiden sollte. Ich war mir nicht sicher, ob sich meine Mutter mehr über neue Geschirrtücher oder über eine Bratpfanne freuen würde. Oder sollte ich für sie die Tänzerin gewinnen?

Einfacher war es mit Tante Elvira. Für sie würde, auch wenn es deswegen wieder Ärger gab, eine Flasche Wein das richtige sein. Schwierigkeiten bereitete mir mein Vater. Für ihn, der sich, bescheiden wie er war, *mit dem zufrie-*

dengab, was er hatte, suchte ich, obwohl ich wußte, daß mein Vater *sein Geld nicht sinnlos in die Luft paffte*, einen wunderschönen goldenen Aschenbecher aus. Ich selbst entschied mich für den riesigen Teddybären mit einer himmelblauen Schleife.

»Na, kleines Fräulein?« plötzlich stand der Losverkäufer neben mir. *»Wollen wir unser Glück versuchen?«*

Ich spürte, daß der Zeitpunkt gekommen war. Behutsam legte ich das Markstück in die aufgehaltene Hand des Losverkäufers und sah zu, wie er es beinahe achtlos in seinen Bauchladen gleiten ließ. Dann, endlich, schob er den Deckel vom Losfach zurück und beugte sich zu mir herunter. Ich suchte mir vier Lose mit einer blauen Banderole heraus. Zum ersten Mal in meinem Leben *hielt ich mein Glück in der Hand.* Noch einmal musterte ich die Auslagen, blickte zu Tänzerin, Weinflasche, Aschenbecher und Teddybär, dann streifte ich vorsichtig die Ringe von den Losen und zog die Papierröllchen auseinander. Da waren sie wieder, die Fliegenpilze und Glücksschweine. Ich hatte zweimal *Glück in der Liebe*, sollte es *noch einmal versuchen*; ich hatte, das war auf dem letzten Los zu lesen, ganz einfach *Pech gehabt.* Das sagte auch mein Vater, bevor er nach meiner Hand griff und mich von der Losbude wegzog. Noch im Gehen sah ich, wie sich der Losverkäufer zu einem anderen Kind herunterbeugte, dann wurde ich weitergeschoben.

Wir liefen zum Kettenkarussell. Kettenkarussellfahren gehörte zu den Dingen, die von meinem Vater gebilligt wurden, da auch er schon als Kind auf einem der wackligen Sitze *seinen Mut bewiesen hatte.* Aber dieses Mal wartete ich vergeblich darauf, daß er sein Portemonnaie aus der Tasche zog und nach zwei Zehnpfennigstücken suchte. Statt dessen blieben wir neben dem Karussell stehen, sahen zu, wie fremde Kinder die Sitze und Gondeln bestiegen, auf ihnen durch die Luft flogen, und mein Vater erklärte mir, daß man für *eine Mark* fünf Runden mit diesem Karussell fahren könne. Dann gingen wir weiter.

Wir liefen von Karussell zu Karussell, von Bude zu Bude, und mein Vater rechnete mir vor, daß man für *eine Mark* zweimal mit der Geisterbahn oder dreimal mit dem Riesenrad fahren konnte. Man konnte vier gefüllte Waffeln essen oder eine Bockwurst mit Senf und Brötchen oder sechs Brausen trinken. Luftschaukel, Spiegelkabinett, Eis, kandierte Äpfel, Luftballons, Taifunrad, Hundetheater, nach der Rechnung meines Vaters hätte ich den ganzen Rummel für eine Mark kaufen können. Aber ich war ja wieder einmal *stur gewesen, hatte die Warnungen meines eigenen Vaters in den Wind geschlagen und mein Geld einem aufdringlichen Losverkäufer in den Rachen geworfen.* Ich war ein *hoffnungsloser Fall.*

Trotzdem spielten wir am nächsten Sonntagnachmittag wieder gemeinsam *Menschärgeredichnicht.* Ich verlor, mein Vater gewann, das normale Familienleben nahm seinen Lauf. Und wahrscheinlich hätte sich daran nichts geändert, wenn nicht eines Sonntagnachmittags das *Menschärgeredichnicht*-Spielen ohne Vorankündigung ausgefallen wäre. Nur ein einziges Mal, als mein Vater mit Zahnschmerzen im Bett lag und von meiner Mutter gepflegt werden mußte, hatte es eine Spielverschiebung gegeben. Davon war dieses Mal keine Rede gewesen. Mein Vater hatte lediglich nach dem Mittagessen, ohne Angabe eines Grundes, erklärt, daß wir heute nicht gemeinsam *Menschärgeredichnicht* spielen würden.

Obwohl, so unerwartet kam dieser Spielausfall für mich nicht. In der vergangenen Woche hatte es täglich *Krach* zwischen meinen Eltern gegeben, und ich war, *weil Erwachsenengespräche nicht für Kinderohren bestimmt waren*, aus dem Zimmer geschickt worden. Zuerst hatte ich es für den üblichen *Kostgeldstreit* gehalten. Es war mir nicht neu, daß *meine verschwendungssüchtige Mutter das Geld nicht zusammenhalten konnte* und unsere Familie Monat für Monat *an den Rand des Ruins brachte.* Mit Schrecken erinnerte ich mich an die Wochen, während derer mein Vater, um meiner Mutter endlich einmal zu beweisen, wie eine *ordentliche Haushaltsführung* auszusehen hatte, das Kostgeld verwaltete. Es waren karge Wochen gewesen. Gleich zu Anfang machte er mit unserer *Unsitte*, zum Frühstück Konfitüre zu essen, Schluß. Für ihn lag der Unterschied zwischen Konfitüre und Marmelade ausschließlich im Preis, und außerdem gab es noch Kunsthonig und Finkenherder Zuckersirup. Letztendlich gelangte mein Vater zu der Ansicht, daß es völlig ausreichen würde, wenn wir unsere Brötchen in Zucker stippten. Süß blieb süß. *Man muß vor allem an den kleinen Dingen sparen.* Und so sah er unseren Einkaufszettel nach *unnötigen Ausgaben* durch. Es verschwanden Bierschinken, Leberkäse, Zervelatwurst, meine Mutter mußte auf ihren geliebten Schnitzellachs verzichten – *da können wir ja gleich Kaviar essen* –, und auch Tante Elviras *ewige Tortenesserei* fand ein Ende. Statt dessen kaufte mein Vater Blutwurst, Preßkopf, deutschen Käse, Bücklinge; auch die Mittagsmahlzeiten veränderten sich unter seinen Anordnungen. Es gab Kartoffeln mit Quark, marinierten Hering, Pellkartoffeln mit Leberwurst, Sülze, Kniebeine, Schweinebauch. Mein Vater entdeckte seine Liebe zu Reis, Erbsen, Linsen, weißen Bohnen und beobachtete mit Begeisterung, wie aus dem Inhalt kleiner Tüten über Nacht ganze Berge quollen. Den Höhepunkt erreichten seine *Sparmaßnahmen* an einem Sonntag. An Stelle des gewohnten Schweine- oder Rinderbratens gab es gebratene Kaninchenköpfe. Es war ein einmaliges Angebot gewesen, eine große Tüte voll für nur *eine Mark*, und mein Vater hatte natürlich *sofort zuge-*

schlagen. Schon als ich die Köpfe nebeneinander auf unserem Küchentisch liegen sah, wußte ich, daß ich auf das Mittagessen verzichten würde. Ich sah die schmalen seitlich heraushängenden Zungen, mußte mich übergeben und durfte ins Bett. Selbst meine Mutter verweigerte an diesem Tag das Essen, und Tante Elvira fragte meinen Vater besorgt, *ob es bald wieder Krieg geben werde.* Das war das Ende der väterlichen Haushaltsführung. Mein Vater hatte sich für uns *verwöhntes Volk* geopfert, aber wir waren undankbar und würden es ohne seine Hilfe *nie zu etwas bringen.*

Nach erfolgter Abrechnung stellte sich heraus, daß mein Vater *unter dem Strich* einhundert Mark eingespart hatte. Meine Mutter wurde für immer schuldig gesprochen, durfte aber, *weil wir es, blind wie wir waren*, so wollten, ihrer *Verschwendungssucht* wieder freien Lauf lassen. Und nun, so entnahm ich dem Streit meiner Eltern, forderte mein Vater die von ihm herausgewirtschafteten *einhundert Mark* von meiner Mutter zurück. Nicht etwa, um sie für sich zu behalten oder etwa *sinnlos zu verplempern*, er wollte sie *in den Dienst der Familie stellen.*

Auf meinem Posten hinter der Tür erfuhr ich, daß es mein Vater satt hatte, den ganzen Tag lang für ein *Trinkgeld* an seinem Schreibtisch zu sitzen und sich *von einem Chef, der von Tuten und Blasen keine Ahnung* hatte, demütigen zu lassen. Auch meine Mutter sollte sich nicht länger, wenn sie dreimal in der Woche beim Bäcker aushalf, *für ein paar Kröten die Beine in den Bauch stehen* müssen. Mein Vater hatte keine Lust mehr, sich lebenslänglich *für nichts und wieder nichts abzurackern*, er wollte nicht bei jeder Tasse Kaffee, die er trank, ein schlechtes Gewissen haben. Er war es leid, *jeden Pfennig dreimal umzudrehen.* Jetzt endlich wollte er *das Stück vom großen Kuchen* haben, das ihm zustand, er hatte sozusagen ein Recht darauf.

Ich verstand meinen Vater nur zu gut. Erst in der letzten Woche hatte ich wieder einmal versucht, *reich zu werden.*

Durch einen Zufall, ich hatte mich erfolgreich an der Suche nach Tante Elviras Brille beteiligt, war ich zu meinem *Startkapital* gekommen. Obgleich mich auch die Aussicht auf das sonntägliche *Menschärgeredichnicht*-Spiel gegen die kurzsichtige Tante Elvira, die erfahrungsgemäß ohne Brille ständig nach den falschen Steinen griff, rückwärts setzte oder sich selbst hinauswarf, reizte, war mir der ausgesetzte *Finderlohn* von fünfzig Pfennigen wichtiger. Schon seit längerer Zeit hatte ich einen Plan, zu dessen Ausführung mir bisher *das nötige Kleingeld fehlte.*

In der Nähe unseres Hauses gab es einen Kiosk, von allen *die Bude* genannt, an dem man Getränke und Süßigkeiten kaufen konnte. Oft schickte mich meine Mutter an den Wochenenden *zur Bude*, um Kaffee, ohne den meine Eltern nicht leben konnten, oder, wenn noch ausreichend Haushaltsgeld vorhanden war, *etwas für den Appetit* zu kaufen. Während ich anstand, beobachtete ich das Unglaubliche: man konnte für einundzwanzig Pfennig eine Flasche Limonade kaufen und bekam aber, das wußte ich genau, für eine leere Flasche dreißig Pfennig Pfandgeld zurück. Ich rechnete mir aus, daß ich mir für fünfzig Pfennig zwei Flaschen Limonade kaufen konnte. Das Pfandgeld und das Restgeld ergaben drei Flaschen, in kürzester Zeit konnte ich mein *Kapital* verdoppeln, verdreifachen, ich würde reich werden. Ich hatte die Formel gefunden; das Zauberwort, das ich beim Einkauf sagen mußte, hieß: *Zum Hiertrinken.*

Ich ignorierte die Bemerkung der Verkäuferin über meinen *großen Durst*, über den sie sich noch wundern würde, ich hatte keine Zeit zu verlieren.

Limonade war für mich etwas Besonderes, mein Vater hielt mit Wasser verdünnten Himbeersirup für völlig ausreichend. Limonade gab es nur zu besonderen Anläßen, zu Silvester, zu meinem Schulanfang oder wenn wir einmal im Jahr zum Geburtstag von Tante Mürzel fuhren und auf dem Umsteigebahnhof noch kurz *einkehrten.* Dann durfte ich mir eine Faßbrause bestellen. Ansonsten lebte ich von Himbeerwasser und *Muckefuck.*

Ich nahm die beiden Flaschen von der Ladentafel, ließ den ersten Verschluß aufschnappen und trank. Die Kohlensäure stieg mir in die Nase, ich verschluckte mich, ich war viel zu aufgeregt, um die Limonade richtig genießen zu können. Und so entschloß ich mich, da ich noch ausreichend Gelegenheit zum Limonadetrinken haben würde, die Limonade in den Rinnstein zu gießen. Zischend, nur einen dunklen Fleck hinterlassend, verschwand die rote Flüssigkeit im Straßenstaub.

Ich nahm die beiden Flaschen, reichte sie über die Ladentafel, wartete auf mein Pfandgeld, sah die Verkäuferin in die Kasse greifen, stutzen, »die waren doch ohne«, und mich mit einer Handbewegung davonjagen. *So klein und schon so durchtrieben.* In diesem Moment begriff ich meinen Irrtum. Ich wurde rot und rannte davon. Es war eine Blamage gewesen, ich hatte mich *verrechnet*, das Wunder und meine fünfzig Pfennig hatten sich *in nichts aufgelöst.*

Jetzt sprach mein Vater von *der Chance unseres Lebens.* Ununterbrochen redete er auf meine Mutter ein, versprach ihr Scheibenlachs, Thunfisch, Aal in Aspik, eine Bettumrandung, einen neuen Schirm für die Stehlampe. Nie wieder würde es für uns eine *Gummiwoche* geben, in der wir die letzten Reste des Haushaltsgeldes ins unendliche dehnen mußten. Nie wieder sollten wir um die Höhe der Energierechnung bangen. In Zukunft konnten wir das Licht auf dem Korridor auch am Tag brennen lassen. Für Tante Elvira sollte es täglich zwei Stück Torte geben: *Schwarzwälder, Elite, Quarksahne*, und das Kind würde endlich einen Luftroller bekommen. Was waren einhundert Mark in Anbetracht des neuen Lebens, das uns bevorstand. Mein Vater verstand nicht, wieso meine Mutter so *kleinlich* sein konnte.

Nicht, daß meine Mutter etwas dagegen gehabt hätte, *reich zu werden*, ihre Zweifel bezogen sich auf die ungewöhnliche Art, mit der mein Vater *zu Geld kommen* wollte. Meine Mutter *erkannte ihren Mann nicht mehr wieder*, es war ihr unheimlich, daß *das Glück unserer Familie* an einem Pferd hängen sollte.

In unserer Familie wurde selten über Pferde gesprochen. Nach und nach waren sie von den Straßen verschwunden, gehörten in den Zoo oder auf den Rummelplatz und waren allemal gut genug als Zirkuspferde – an die sich mein Vater regelmäßig erinnerte, wenn sich meine Mutter für unseren Sonntagsspaziergang zurechtmachte – mit einem wippenden Federbusch auf dem Kopf, und das Publikum zum Klatschen zu bringen. Einzig als Würste, die mein Vater in großen Pappeimern aus der *Ponydiele* mitbrachte, tauchten sie bei uns zu Hause auf. Ich fürchtete die weichen, weißlichen Würste. Bei jedem Bissen mußte ich an den Schimmel des Eisverkäufers denken, ein zahmes Pferd mit Namen Lotte, das ich streicheln durfte, während der Mann mit einem langen Haken Eis von seinem Wagen zog und in die Eimer der wartenden Frauen verteilte.

Das Pferd, um das sich der Streit meiner Eltern drehte, hieß *Vorsicht*, und schon allein sein Name nährte die Bedenken meiner Mutter immer wieder aufs neue. Sie glaubte nicht an *die einmalige Gelegenheit*, an das *unverhoffte Wunder*, meine Mutter gab nichts auf *die Prophezeiungen eines Fremden*.

Der *große Unbekannte* war ein schmächtiger Mann, mit Namen Max, ein Schulfreund, den mein Vater jahrzehntelang *aus den Augen verloren* und plötzlich, mitten im Gewühl, an einer Straßenbahnhaltestelle wiedergefunden hatte. Und siehe da, aus dem kleinen Max war *über Nacht* ein Star geworden, der in den *höchsten Kreisen* verkehrte, nur die allerbesten Pferde ritt und der meinem Vater im Taumel der Wiedersehensfreude den *geheimen Tip* gab: *Vorsicht.*

Was waren alle anderen Pferde gegen *Vorsicht*: scheu, lahm, mit Abszessen unter den Hufen. *Mondschnee*, der Favorit, fraß schon seit Tagen nicht mehr und würde wohl nach dem nächsten Rennen als Boulette zu haben sein oder bald von meinem Vater im Pappeimer nach Hause gebracht werden. Max selbst würde *Vorsicht* reiten und, daran bestand kein Zweifel, als erstes Pferd über den Zielstrich bringen. Für meinen Vater gab es kein Zögern mehr, er fand, daß man schon mal *einen Hunderter riskieren* sollte, er konnte das Angebot seines besten Schulfreundes nicht so einfach ausschlagen, *man stand ja schließlich nicht schlecht da.* Meine Mutter sollte *die Pferde nicht schon vorher scheu machen, mit wem man acht Jahre lang auf einer Schulbank gesessen hatte, dem konnte man vertrauen.*

Und so war es beschlossen. Einen ganzen Vormittag lang bereitete sich mein Vater auf das große Ereignis vor, putzte seine Schuhe, rasierte sich, verschnitt sich die Haare in Nase und Ohren und ließ sich von meiner Mutter die *guten Sachen* herauslegen. Er schlug meiner Mutter die Bitte, ihn zu begleiten, ab. Lediglich ich wurde geduldet, *weil das Kind an die Luft mußte*, gegen dieses Argument war selbst mein Vater machtlos.

Ohne zu murren ließ ich mir von meiner Mutter das Matrosenkleid überziehen, nahm widerspruchslos weiße Kniestrümpfe, Lackschuhe und rote Baskenmütze in Kauf und versprach: *nicht zu bummeln, nicht zu streiten, nicht immer das letzte Wort zu haben.* Ich wollte meinen Vater nicht unnötig verärgern, ich wollte dabeisein, wenn *wir reich wurden.*

Kurz nach dem Mittagessen war es endlich soweit. Ein letztes Mal drehte ich mich nach meiner Mutter und Tante Elvira um, die uns vom Wohnzimmerfenster aus nachwinkten, dann liefen wir in Richtung Stadtpark. Plakate mit Pferdeköpfen wiesen uns den Weg: *zur Vollblutrennbahn.* Je näher wir der Rennbahn kamen, um so dichter wurde das Gedränge um uns herum. Radfahrer, Motorräder, Autos, sogar Taxis fuhren an uns vorüber, und ich war verwundert, daß niemand, obwohl es für mich nahegelegen hätte, auf einem Pferd geritten kam.

Mein Vater löste am Eingang, so wie es ihm sein Freund Max geraten hatte, »anderthalbmal Sattelplatz«, und *zur Feier des Tages* durfte ich meine Karte selbst dem Einlaßdienst zum Abreißen hinhalten. Statt Stallgeruch empfing uns der Duft von Gebratenem. Lautstark pries ein Verkäufer seine Bouletten an: *Eine kleine Stärkung vor dem Kampf.* Leider wollte mein Vater nüchtern gewinnen. Der Moment, auf den ich seit Stunden gewartet hatte, war gekommen: vor uns lag die Rennbahn. Wir gingen in Richtung Tribüne, bogen jedoch kurz vorher ab und liefen durch eine Lücke der Hecke hindurch über die an dieser Stelle festgetretene Erde der Bahn. Im Innenraum drängten sich die Zuschauer. Sie standen beieinander, unterhielten sich, blätterten nervös in Zeitungen. Fünf Männer in grünen Anzügen standen auf einem mit Seilen abgetrennten Rasenstück und bliesen in goldene Hörner: *Auf, auf zum fröhlichen Jagen.*

Mein Vater wippte mit der Schuhspitze den Takt dazu. Über uns schien die Sonne, ich spiegelte mich im glänzenden Metall der Hörner. *Ein Jäger aus Kurpfalz.* Wir klatschten nach jedem Lied. Als die Musiker eine Pause machten, gingen wir Max suchen. Er stand in einer Gruppe mit

Männern, die alle auffallend klein und dünn waren und die, wenn die Theorie meines Vaters stimmte, als Kinder ihre Teller nicht ordentlich abgegessen haben mußten. Max war ganz in Weiß gekleidet, trug Reitstiefel, eine grüne Schärpe über der Brust und eine grüne Schirmmütze. Als er uns kommen sah, unterbrach er sofort sein Gespräch, zog meinen Vater, der alle um eine Kopfhöhe überragte, in die Gruppe und stellte ihn als *lieben alten Freund* vor. Er nannte meinen Vater *einen Pferdenarren, einen Kenner der Materie*, der immer *aufs richtige Pferd setzte*. Max wollte es sich nicht nehmen lassen, auch wenn er selbst nicht mittrinken konnte, meinen Vater zu einem *kleinen Bier* einzuladen. Obwohl mein Vater nur an Feiertagen Alkohol trank, ließ er sich von Max unterhaken und durch das Gedränge hindurch in einen kleinen Raum ziehen. Um die wenigen Tische herum saßen dichtgedrängt Männer und Frauen und stritten sich. Ich hörte etwas von *großem* oder *kleinem Einlauf*, *Platz* und *Sieg*. Max schlug dem Mann hinter dem Tresen auf die Schulter, bestellte ein großes Bier für meinen Vater, ein kleines für sich, *das hebt die Stimmung*, und eine Limonade für *das kleine Fräulein*. Er lachte lauter, als es nötig gewesen wäre, und stieß mit meinem Vater und mir auf *den Sieg*, *die Form seines Lebens* und *die Moneten, die wir gleich gewinnen würden*, an. Plötzlich war Stille im Raum, alle sahen auf uns, blätterten in ihren Zeitungen, und einige verließen den Raum. Max spendierte meinem Vater ein Bier nach dem anderen. Mein Vater trank die Gläser in kräftigen Zügen leer. Es schien ihm zu gefallen, daß ihm Max unablässig auf die Schulter schlug. Mein Vater kicherte bei jedem Schlag und stieß mit Max *auf das beste Pferd aller Zeiten* an. Auch ich wurde nicht verschont, mein Vater und Max strichen mir abwechselnd über den Kopf und nannten mich ihre *kleine Glücksfee*. Im Raum wurde es unruhig, alle tranken den letzten Rest aus ihren Gläsern, und auch für uns wurde es *Zeit zu gehen.* Arm in Arm traten mein Vater und Max ins Freie. Ich folgte ihnen, wurde geblendet von der plötzlichen Helligkeit und mußte die Augen zusammenkneifen. Nach und nach kehrten die Geräusche wieder, das gleichmäßige Gemurmel der Stimmen, die Rufe, von fern hörte ich die Kapelle spielen: *Es blies ein Jäger wohl in sein Horn.* Es knackte im Lautsprecher. Jemand räusperte sich mehrmals, die Menge auf dem Platz verstummte, der Sprecher kündigte das nächste Rennen an, das alles entscheidende Rennen, *den großen Preis.* Er nannte die Startnummern und Namen der Pferde: *Piekdame, Mondschnee, Vorsicht* trug die Nummer zehn.

Max gab meinem Vater ein Zeichen, und beide rannten los, als würden sie Hasche miteinander spielen. Vor einer langen Baracke machten sie halt. Ein Schalterfenster neben dem anderen, es war soweit. Max schlug meinem Vater auf die Schulter, und es war, als würde er damit einen Mechanismus in Gang setzen. Mein Vater griff in das Innenfutter seiner Anzugjacke, zog seine Brieftasche heraus und schob mit dem Daumen einen Geldschein unter dem abgegriffenen Leder hervor. Obwohl der Schein neu war und keinerlei Knitter hatte, strich ihn mein Vater immer wieder glatt und betrachtete ihn, als sähe er zum ersten Mal in seinem Leben einen Hundertmarkschein. Mein Vater ließ sich von Max zu einem Schalter schieben und legte den Schein vorsichtig, als wäre er zerbrechlich, auf das blankgescheuerte Holz. Der Mann hinter dem Schalterfenster wischte den Schein mit einer kurzen Handbewegung in seinen Tischkasten, sah meinen Vater an und wurde ungeduldig. Es schien Stunden zu dauern, bis mein Vater endlich den Kopf hob und mit leiser Stimme sagte: *Die zehn.*

Der Mann griff hinter sich in ein Regal, entnahm eine

Fahrkarte und schob sie meinem Vater zusammen mit einem Fünfzig- und zwei Zwanzigmarkscheinen zurück. Schon wollte mein Vater nach dem Geld greifen, da traf ihn ein erneuter Schlag auf die Schulter, und er schob die Scheine zurück und sagte: *Alles.*

Wir bekamen für unser Geld insgesamt zehn Fahrkarten, die alle mit einem roten Längsstreifen und einer schwarzen Zehn bedruckt waren und mich an die Karten erinnerten, die man auf dem Weihnachtsmarkt vorzeigen mußte, wenn man auf einem Pony um die große Tanne herumreiten wollte. Vielleicht durfte mein Vater nach dem Rennen zehn Runden auf *Vorsicht* reiten, aber jetzt war erst einmal die Reihe an Max, der es plötzlich eilig hatte, *in die Box zu kommen.* Mein Vater sah ihm lange hinterher und steckte dann die Fahrkarten mit großer Sorgfalt in seine Brieftasche. Das einzige, was jetzt noch fehlte, waren die Pferde. Ich war gespannt darauf, wie sie aussehen würden, wünschte mir für *Vorsicht* einen mit Stickereien verzierten Sattel und goldenes Zaumzeug. Von Stallburschen geführt, sah ich die Pferde kommen, allen voran mit der Startnummer drei der Schimmel *Mondschnee*, der mich ein wenig an *Lotte* erinnerte, gefolgt von *Kassandra, Sultanone, Matrapas.* Nacheinander liefen sie an uns vorüber: weiße, hellbraune, dunkelbraune, gescheckte Pferde. Ich beugte mich über das Geländer, suchte vergebens nach der Startnummer zehn. Niemand störte sich daran, daß *Vorsicht* fehlte. Der Mann neben mir lobte *Piekdames Spurtstärke*, während ein anderer auf *Mondschnees Stehvermögen* schwor. Nur mein Vater trommelte mit den Fingerspitzen auf das Geländer und pfiff ununterbrochen die ersten Takte einer Melodie. Endlich entdeckte ich *Vorsicht*, oder genauer, ich hörte ihn. Wiehernd stand er auf dem Weg, schüttelte seine Mähne, stampfte mit den Hufen auf den Boden, und es fehlte nicht viel, und er hätte sich auf der Erde gewälzt. Zwei Stallburschen mußten *Vorsicht* halten, und erst als ihm Max eine Mütze über den Kopf gezogen hatte, *die Scheuklappen*, mit denen auch ich, nach Ansicht meines Vaters, öfter umherlief, wurde *Vorsicht* ruhiger und ließ sich willig über die Bahn führen. Es sah aus, als wollte das Pferd Blindekuh spielen. Als sie an uns vorüberkamen, winkte uns Max zu, und im Gegensatz zu meinem Vater, der mit dem Geld auch seine gute Laune am Schalter abgegeben hatte, lachte Max lauter als zuvor. Wir sollten doch nicht kurz vor dem Ziel schlappmachen. *Vorsicht* sei eben keines von den phlegmatischen Pferden. *Wozu sollte er vorher seine Kraft vergeuden und im Kreis herumlaufen. Er sei kein Zirkuspferd, sondern ein Rennpferd, was er uns gleich beweisen werde.* Die Pferde wurden zum Start geführt.

Die Zuschauer gerieten in Bewegung, suchten nach einer günstigen Position, von der aus sie das Rennen beobachten konnten, kämpften mit Ellenbogen um einen Platz in Zielnähe. Mein Vater stieg mit mir auf einer Eisentreppe zu einer Plattform empor, von der aus wir das gesamte Gelände überschauen konnten. Immer noch herrschte an den Wettschaltern dichtes Gedränge, während am Ende der Bahn die Pferde bereits in den Starter geführt wurden. Nach und nach fanden auch die Besucher ihren Platz. Nur einige wenige standen noch neben den Wettschaltern. Die vorangegangene Hektik wich einer plötzlichen Stille, die Gespräche gingen in ein Flüstern über, bis sie schließlich ganz verstummten. Je stiller es um mich herum wurde, um so größer wurde meine Unruhe. Mein Vater tastete immer wieder nach seiner Brieftasche.

Ohne Vorankündigung wurde der Starter nach oben gezogen. Mit unglaublicher Geschwindigkeit kamen die Pferde näher. Die Erde bebte unter dem Schlag ihrer Hufe, ein Dröhnen erfüllte die Luft, die Plattform, auf der wir standen, vibrierte. Für einen Moment waren die Pferde auf unserer Höhe, ein buntes Knäuel, das in Richtung Ziel davonflog. Eine Glocke läutete die letzte Runde ein, gab das Zeichen für das Schließen der Wettschalter, wie Fallbeile fielen die Schiebefenster nach unten. Nichts ging mehr.

In diesem Augenblick entlud sich die Spannung der Zuschauer in einem Schrei. Sie befreiten sich mit einem lauten »Jaa, jetzt, looos«. Der Schrei verbündete uns, machte uns zu einer großen Familie. Das Lachen kehrte zurück, mündete in einer plötzlichen Ausgelassenheit. Der Mann, der neben mir stand, legte mir seine Hand auf den Kopf, nannte mich *meine Tochter* und borgte mir, nachdem er meine sehnsüchtigen Blicke bemerkt hatte, sein Fernglas. Über Lautsprecher wurde die vorläufige Plazierung bekanntgegeben: *Mondschnee* lag vor *Sultanone* und *Matrapas*.

Die Pferde bogen in die Gegengerade ein. Ich suchte nach Max' grüner Mütze und fand *Vorsicht* zu meinem Entsetzen drei Längen hinter dem Feld. Zwar hatte ich gehört, daß sich Max, um einen Sturz zu vermeiden, *hinten halten* wollte, trotzdem fand ich den Rückstand bedenklich und sagte, um meinen Zweifel zu teilen und um meinem Vater zu helfen, der mit zusammengekniffenen Augen versuchte, die Plazierungen auszumachen: »*Vorsicht* ist der letzte«.

»Der darf froh sein, daß er überhaupt mitreiten darf«, antwortete der Mann neben mir anstelle meines Vaters. Aber noch war das Rennen nicht entschieden, noch konnten einige Pferde stürzen oder zur Seite ausbrechen, Max selbst hatte von Rennen erzählt, in denen von zehn gestarteten Pferden neun gestürzt und der vermeintlich letzte als Sieger im Ziel angekommen war. *Sultanone* überholte *Mondschnee* und bog als erstes Pferd in die Zielgerade ein. Sofort war jegliche Heiterkeit unter den Zuschauern verflogen. Alle reckten sich, beugten sich vor, um die immer näher kommenden Pferde besser sehen zu können. Wieder spürte ich die Spannung, die alle unsichtbar miteinander verband.

Mondschnee, der Schimmel mit den traurigen Augen, der *Favorit*, übernahm die Führung. *Sultanone* fiel etwas zurück, wurde von *Matrapas* überholt. Die Jockeys standen in den Steigbügeln, klammerten sich an die Hälse der Pferde. Stück für Stück schob sich *Matrapas* an *Mondschnee* heran.

Plötzlich begann der Mann neben mir zu schreien. Es brach aus ihm heraus, erst leise, dann immer lauter: »Retze, Retze!« Er preßte die Silben stoßweise, wie unter Schmerzen hervor, kurze, heisere Schreie, die dem Jockey von *Matrapas* galten. »Retze, Retze!«

Nicht einmal einhundert Meter waren es noch bis zum Ziel. »Retze, Retze!« Immer mehr Zuschauer stimmten ein. Getrieben von den Rufen, schlugen die Jockeys auf ihre Pferde ein, peitschten sie über die Bahn. *Mondschnee* und *Matrapas* lagen gleich auf, jagten Kopf an Kopf dem Ziel entgegen. »Retze, Retze!« Der Ruf übertönte alle anderen Rufe, und ohne daß ich es wollte, begann auch ich zu schreien.

Es war ein schönes, bisher nicht gekanntes Gefühl, gemeinsam mit den anderen zu schreien, eine Gemeinsamkeit, die mir eine Gänsehaut über den Rücken jagte. »Retze, Retze!« Nur noch wenige Meter trennten die Pferde vom Ziel. *Matrapas* lag vor *Mondschnee.* Der Platz war ein einziger Schrei. Und *Matrapas* hielt den Vorsprung, kam als erster über den Zielstrich, es war der Sieg, der Sieg für *Matrapas.* Wie eine Woge rollte der Jubel über den Platz, der Mann neben mir riß sich seine Schirmmütze vom Kopf und ließ sie durch die Luft wirbeln, und auch ich schwenkte meine Baskenmütze.

Der Freude folgte die Erschöpfung. Für einen Moment kehrte die Stille zurück. Ich fühlte eine eigenartige Leere in mir, das Blut klopfte gegen meine Schläfen. In dieser Stille erinnerte ich mich an meinen Vater. Es war wie ein großes Loch, in das ich gestoßen wurde, ich fiel tief, immer tiefer, wagte kaum zu atmen. Zögernd wandte ich mich zur Seite. Mein Vater stand immer noch neben mir. Er hielt den Oberkörper gebeugt, starrte auf seine staubigen Schuhe, die aussahen, als befände er sich auf einer langen Wanderung. Nichts erinnerte mehr an den Vater, mit dem ich zur Rennbahn gekommen war, der mit seinem Freund Max Bier trinken, lachen und über den Platz rennen konnte. Alles an meinem Vater hatte sich verändert. Der noch vor kurzem gut sitzende Anzug paßte nicht mehr, war gleichsam zu groß und zu klein. Die Jackenärmel reichten nicht einmal bis zu den Handgelenken, während die Enden der geöffneten Jacke die Knie berührten. Auch die Hose hatte ihren Sitz verloren, beulte an den Knien, schleifte auf den staubigen Schuhen. Die Krawatte wirkte wie ein zufällig am Hals festgebundener Strick. Bewegungslos stand mein Vater vor dem Geländer, hielt seinen Kopf gesenkt, und ich hatte Angst, daß er das Gleichgewicht verlieren könnte. Durch die sonst straff nach hinten gekämmten Haare schien die Sonne. Erbarmungslos präsentierte das Licht die ersten kahlen Stellen.

Gern hätte ich meinen Vater zum Lachen gebracht, oder wenigstens dazu, sich aufzurichten. Aber was hätte ich ihm sagen sollen? Daß ich es nicht schlimm fand, wenn wir nun doch nicht reich werden würden, und sollte ich ihn daran erinnern, daß *Geld allein auch nicht glücklich macht*? Daß ich nicht traurig war, wenn ich ein weiteres Jahr auf einen Luftroller verzichten mußte? Ich könnte ihm sagen, daß ich gar keine Lust hatte, jeden Tag Bonbons zu essen, Eis oder Schokolade, und ihm seinen eigenen Spruch aufsagen: *Wer jeden Morgen Kuchen ißt, Bonbons und Schokolade, der weiß doch nie, wann Sonntag ist, und das ist wirklich schade.* Ich könnte meinen Vater bitten, für einen weiteren Monat *die Haushaltsführung* zu übernehmen, und ihm versprechen, nicht an jedem Essen herumzumäkeln und, wenn er es wollte, von den Kaninchenköpfen zu kosten. Ich könnte ihm meine *Sparkarte* von *Sparen in der Schule* anbieten, aber was waren 2,40 MDN gegen die verlorenen einhundert Mark?

Alles, was mir einfiel, schien unpassend, nicht geeignet, meinen Vater zu trösten. Und so blieb ich weiter schweigend neben ihm stehen.

Teilnahmslos trottete *Matrapas* an uns vorüber, Retze winkte mit einer müden Handbewegung und wischte sich dann mit dem Handrücken die Nase ab – *Hast du schon wieder kein Taschentuch?* Aus den Lautsprechern kam die Ankündigung für das nächste Rennen. Ich hörte die fremden Namen, sah ohne innere Beteiligung die Startvorbereitung, die wiederkehrenden Rituale. Ich sah die Pferde vorüberjagen, hörte die Glocke schlagen, sah einen Mann sich die Finger unter einem herabfallenden Schalterfenster quetschen. Ich hörte die hysterischen Schreie der Zuschauer, sah Männer und Frauen sich in den Armen liegen und einen Mann auf seinem Hut herumtrampeln. Ich sah eine alte Frau ihre Handtasche gegen die Brust pressen und eilig davongehen. Ich hörte die Kapelle den letzten Tusch spielen, *Walerihussassatiralala*, und den Sprecher die abschließenden Quoten bekanntgeben. Ich sah die Musiker ihre Instrumente einpacken, den Boulettenverkäufer seinen Stand schließen und einen Betrunkenen in einen Papierkorp pinkeln. Ein Traktor fuhr über die Bahn und beseitigte mit einem Rechen alle Spuren. Ich stand neben meinem traurigen Vater und wußte nicht, was ich ihm sagen sollte.

Ich nahm seine herabhängende Hand, erschrak über die Kälte, zog meinen Vater die Treppe hinunter, führte ihn, durch die Lücke in der Hecke hindurch, über die Bahn. Im Umdrehen sah ich unsere Fußspuren nebeneinander auf der geharkten Erde. Ich ging mit ihm an dem geschlossenen Imbißstand vorüber, über den verlassenen Parkplatz. Wir liefen durch die Straßen, und ich spürte, wie die Wärme langsam in die Hand meines Vaters zurückkehrte.

7
Immer bereit

Herr Marschner ist aus dem Konsum ausgetreten. Meine Mutter las die Zeitung immer von hinten. Zuerst unter der Rubrik *Die Volkspolizei meldet* Berichte über Verkehrsrowdys, die betrunken bei Rot über Kreuzungen fuhren oder harmlosen Fußgängern auf Zebrastreifen auflauerten und damit den Grund lieferten, daß die Straßenbahn am Morgen zwei Stunden lang ausfiel. Dann folgte die Spalte *Auch das gibt's,* eine kurze Meldung in der Art: Hund erschoß Jäger, Taubstummer hielt Rede oder Frau forderte von Einbrecher Striptease. Diese Meldungen kamen meist aus Frankreich oder Italien, wo die Menschen wegen der zu großen Sonneneinstrahlung ohnehin nur vermindert zurechnungsfähig waren, was man deutlich in Filmen aus diesen Ländern sehen konnte. Einbeinige Steptänzer und Begegnungen mit Außerirdischen kamen eher aus Übersee. Nur hin und wieder war ein zweiköpfiges Kalb aus dem Bezirk Schwerin oder ein krähendes Huhn aus Schmölln dabei. Ein kurzer Blick auf das *Stadtgespräch* und *Glossiert,* dann wechselte meine Mutter auf die vorhergehende Seite zu den Todesanzeigen. *Mal sehen, wer heute aus dem Konsum ausgetreten ist.* Sie suchte nach bekannten Namen, nach besonders tragischen Fällen. *Unfaßbar* deutete auf Selbstmord, Verkehrsunfall oder Herzinfarkt, *Erlöst* auf hohes Alter oder lange schwere Krankheit. *Oh, Schicksal, wie bist du so hart.* Mit geübtem Blick übersah meine Mutter die Situation. War es die Anteilnahme mit den unbekannten Hinterbliebenen, ein Vorgeschmack auf das eigene Ende oder einfach nur der Triumph, noch zu leben? Es klang fast wie Freude, wenn sie jemanden fand, den sie kannte. Herr Marschner war nur 55 Jahre alt geworden, *eigentlich kein Alter für einen Mann.*

Herr Marschner kassierte bei uns die Beiträge zur *Volkssolidarität,* oder besser gesagt, er wollte sie kassieren, denn wie auch bei Fräulein Lörsch von der Kirchensteuer öffneten wir nicht, wenn wir die Situation rechtzeitig erkannten, oder ich wurde mit dem Spruch *meine Eltern sind nicht zu Hause* an die Tür geschickt.

Das änderte sich schlagartig, als meine Mutter in den DFD eintrat, einen Frauenbund, den mein Vater *eine Zusammenrottung von Flintenweibern* nannte. Bei Tante Elvira rief dieser Schritt sofort die Erinnerung an alte BDM-Lieder wach, und erst die Androhung eines Rotwein-Verbots brachte sie zum Schweigen. Jeden Mittwochabend ging meine Mutter zu ihrer Sitzung, und als sie in den Vorstand gewählt wurde, bekam sie eine graue Kollegmappe mit goldenem Stadtwappen geschenkt. Ich beneidete meine Mutter. Gern wäre ich in meiner Klasse Gruppenratsvorsitzende geworden, Schriftführer oder wenigstens Wandzeitungsredakteur, aber ich wurde nie gewählt, aus dem einfachen Grund, weil ich nie als Kandidat vorgeschlagen wurde. Ich war mir nicht sicher, ob es wirklich *eine Sache des Vertrauens* war, wie meine Klassenlehrerin behauptete. Frau Hartmann, die uns *bei unserer Entscheidung nicht beeinflussen wollte,* empfahl *ganz nebenbei* Gerlinde Träger, was meiner Meinung nach weniger an Gerlindes Fähigkeiten als an der Tatsache lag, daß ihre Mutter im Gemüsekonsum arbeitete und meiner Lehrerin öfter *etwas zurücklegte.* Schon im Unterricht fiel auf, daß Gerlinde selten getadelt wurde, und wenn sie einmal einen

Fehler machte, dann war es *ein Ausrutscher.* Als Gegenleistung erzählte sie Frau Hartmann während der Hofpause, wer von wem die Hausaufgaben abschrieb und daß Jens Maurer seine Spickzettel in der Federmappe versteckte. Die Vorwürfe, *eine Petze* zu sein, ignorierte sie mit einem Schulterzucken. Es war ihre Pflicht als Gruppenratsvorsitzende, auf diese Dinge zu achten: *Junge Pioniere lernen gut und lieben die Wahrheit.*

Bei uns zu Hause galt der Grundsatz: *Vertrauen ist gut – Kontrolle ist besser.* Täglich kontrollierte mein Vater alle Ausgaben, rechnete alle Kassenzettel nach, sowohl die handgeschriebenen als auch die Kassenbons aus dem Konsum. Es war mir strengstens verboten, ohne Abrechnung vom Einkauf zurückzukommen, und ich spürte jedesmal einen Kloß im Hals, wenn ich an der Kasse sagen mußte: *Kann ich bitte den Zettel haben.*

In der Schule galt eher, der *Stärkere setzt sich durch*, und so wurde der dicke Peter Schindler jedesmal als stellvertretender Gruppenratsvorsitzender gewählt, weil er all denen auf dem Schulhof Prügel androhte, die ihn nicht vorschlagen und für ihn stimmen würden.

Die Wahlen fanden wie in jedem Jahr in der Woche vor dem Pioniergeburtstag statt. Zwei Schulbänke bildeten das Präsidium. Ein rotes Fahnentuch überdeckte das abgeschabte Sprelacart mit den eingeritzten Inschriften: *An dieser Bank langweilte sich zu Tode* oder *Frau H. ist blöd.* Das Fahnentuch war von Wind und Regen gebleicht, an den Rändern ausgefranst und hatte zwei große Flecke, die einmal Blut gewesen sein konnten. Sicher hatte es einmal auf einer Barrikade geweht, auf einem Schornstein oder während eines Streiks am Werktor. Ich stellte mir vor, es wäre die berühmte Fahne von Kriwoi Rog, und war überrascht, daß Frau Hartmann zwei Töpfe mit Alpenveilchen aus dem Lehrerzimmer holte und damit die Flecken verdeckte. Ich fand Alpenveilchen unpassend. Ich hatte wie alle Kinder aus meiner Klasse eine Rose für den Genossen Theodorakis gemalt, und ich war sicher, wären es Alpenveilchenbilder gewesen, würde Mikis heute noch im Gefängnis sitzen. Und wer trug schon am Kampftag des Werktätigen Volkes ein Alpenveilchen am Revers.

Ich mochte den Ersten Mai. Schon als kleines Kind hatte mich mein Vater mit *zur Demonstration* genommen. Meine Mutter mußte zu Hause bleiben, da sie bei *einem Privaten* arbeitete und eine dreiköpfige Bäckerladenbelegschaft nicht würdig war, einen eigenen Demonstrationszug zu bilden. Es war noch kühl, als wir die Wohnung verließen. Die Straßen waren frisch gesprengt, es roch nach Fichtennadel, wie sonst nur während der Messe. Die Fahrbahnen waren für Bahnen und Autoverkehr gesperrt. Von überall her kamen Menschen, und je mehr wir uns der Innenstadt näherten, um so dichter wurde der Zug.

An den Straßenecken standen Männer und verteilten Sträuße aus Maigrün und Fähnchen. Auf den Grünflächen waren Rote-Kreuz-Zelte aufgebaut, davor schenkten Frauen in Uniform dampfenden Tee aus. Alle Häuser waren mit Fahnen, Wimpelketten oder Plakaten geschmückt. Nur wir hatten in diesem Jahr wieder einmal *nicht geflaggt*. Mein Vater wurde deshalb regelmäßig von unserem Hausgemeinschaftsleiter Herrn Schluntz ermahnt. Mein Vater erlaubte nicht einmal, daß ich meine mühsam angefertigten Bastelarbeiten an die Fensterscheiben hängte, *es reicht, wenn wir zu diesem Umzug gehen.* Mein Vater hielt mich fest an der Hand, ich schwenkte die Fahne, die mir ein fremder Mann geschenkt hatte. Im Gegensatz zu den billigen Papierfähnchen war sie aus Stoff und hatte einen dikken Holzschaft. *Ich trage eine Fahne, und diese Fahne ist rot.* Von fern hörte ich eine Blaskapelle spielen. Mir gefielen Kampflieder ohnehin am besten. Ich haßte die viel zu hohe Melodie des *Heidenrösleins* und fand es auch übertrieben, wenn ich am Weihnachtsabend mit getragener Stimme unter dem Weihnachtsbaum singen mußte, bevor ich endlich die Geschenke auspacken durfte. *O du fröhliche.* Kampflieder waren konkret, hatten eine eindeutige Melodie, und wenn man sich einmal versang, machte es nichts, da es *um unsere Sache* ging. Oft sang ich abends im Bett, wenn ich nicht einschlafen konnte, und ließ meinen Teddy im Takt über die Bettdecke laufen. *Kleine weiße Friedenstaube.* Seit der Kindergartenzeit war dieses Lied mein Lieblingslied, und ich hatte die erste Ohrfeige meines Lebens bekommen, als ich mich bei Tante Mürzel geweigert hatte, das extra für mich geschlachtete Täubchen zu essen.

Unser *Stellplatz* war weit von der Tribüne entfernt. Zuerst durften die Angehörigen der Kampfgruppen und *der bewaffneten Organe* an ihr vorbeilaufen, dann die Sportler: *unsere zukünftigen Weltmeister, Europameister und Olympiasieger.* Das jedenfalls versprach die Stimme aus dem Lautsprecher. *Völker, hört die Signale – wir begrüßen die Werktätigen der Buntgarnwerke – hoch, hoch, hoch.* Ich saß auf den Schultern meines Vaters, schwenkte meine Fahne. Wir liefen in einer breiten Reihe, je näher wir der Tribüne kamen, um so dichter wurde der Teppich aus weggeworfenen oder verlorenen Pappbechern, Maigrün und Fähnchen. *Brüder, zur Sonne, zur Freiheit.* Vor mir wogten Transparente, Ehrenbanner und Plakate. Ich erkannte auf den Fotos unseren Staatsratsvorsitzenden Walter Ulbricht, den mein Vater *den Spitzbart* nannte und dafür verantwortlich machte, daß es keine Zwiebeln mehr gab. *Doch Walter Ulbricht sagte vor kurzem, wir können auch ohne Zwiebeln … den Sozialismus erringen.* Wir waren an der Tribüne, neben mir rissen alle ihre Arme nach oben. *Hoch, hoch, hoch.*

Für Frau Hartmann war Lenin mit Abstand der beste und klügste Mensch, den sie kannte. Wenn sie uns aus seinem Leben erzählte, röteten sich ihre Wangen, und ihre Stimme begann leicht zu beben. Es verwunderte mich nicht, denn ich hatte diese Art Euphorie bereits bei Frau Goldhuhn kennengelernt. Frau Hartmanns größter Wunsch war, einmal nach Moskau zu fahren, um Abschied von dem toten Lenin nehmen zu können. In diesem Fall hatte es Frau Goldhuhn schwerer, denn nicht einmal Maria Magdalena wußte genau, wo Jesus abgeblieben war.

In unserem Lesebuch gab es Geschichten über Lenin, *der schwer arbeitete und sich nicht schonte.* Zum Beispiel die Erzählung von Lenins Flucht nach Finnland als Heizer des Zuges Nummer 71. *Wladimir Iljitsch stieg mit solcher Selbstverständlichkeit die Sprossen zur Lokomotive hinauf, daß der Lokomotivführer gar nicht zu fragen brauchte, dies konnte kein anderer als Lenin sein.* Wir lasen die Geschichte abwechselnd, aber bis auf Gerlinde Träger konnte es niemand Frau Hartmann recht machen. Der Lokomotivführer hatte für Lenin sein Leben aufs Spiel gesetzt, und wir bekamen nicht einmal richtig die Zähne auseinander. *Für diese Sache muß man brennen.* Als Hausaufgabe beantworteten wir *die abschließenden Fragen* aus dem Lehrbuch: *Schätze das Handeln des Lokomotivführers ein! Suche in der Bibliothek weitere Geschichten über Lenin! Lies sie aufmerksam! Berichte über die Geschichten in deiner Klasse!*

Meine Freundin Brigitte, die nicht nur die abgelegten Sachen ihrer großen Schwester tragen, sondern auch deren Lehrbücher übernehmen mußte, machte eine interessante Entdeckung. Obwohl unsere Lesebücher äußerlich gleich aussahen, hatte man in meinem Buch einige Geschichten vergessen.

Zum Beispiel die Erzählung vom kleinen Li, der gemeinsam mit seinem Vater das Lesen lernte, oder vom berühmten Staatsmann Mao, der im offenen Wagen durch die Straßen fuhr und fiebernden Kindern über den Kopf strich. Und zu unserer Freude fand sich auch eine Geschichte über den schwarzhaarigen Josef, der gut singen konnte, Sohn eines armen Schuhmachers war und niemals vorsagte, auch nicht, wenn ihm der faule Peter einen Ledergürtel dafür bot. Später wurde er ein berühmter Staatsmann, schenkte der Pionierin Mamlakat ein Bild von sich, die ihm dafür auf Lebenszeit versprach: *Genosse Stalin, ich lerne gut.* Je länger ich von ihm sprach, um so mehr verfinsterte sich der Blick meiner Lehrerin. Dabei hätte sie dankbar sein müssen, daß wir diese schönen Geschichten gefunden hatten, die im unmittelbaren Zusammenhang mit ihrem geliebten Lenin standen. Ich verstand ihre Verärgerung nicht, denn Wladimir Iljitschs Kampf- und Lebensgefährtin Nadeshda Krupskaja, die es genau wissen mußte, schrieb am Ende ihrer Erinnerungen: *Nach dem Tode Lenins wurde seine Arbeit von seinem besten Freund und Helfer, dem Genossen Stalin, weitergeführt.*

Frau Hartmann war erbost, da zeigte es sich wieder einmal, was passierte, wenn wir das falsche Arbeitsmaterial benutzten, *nicht umsonst hatte es neue Lesebücher gegeben.* Es hätte Vorkommnisse gegeben, die nicht im Zusammenhang mit *der Sache* standen, ihr geschadet, ja sie sogar verraten hatten. Statt des erwarteten Lobes erhielten wir eine strenge Ermahnung. *Wir sollten in Zukunft besser auf die Aufgabenstellung achten und unser Lernmaterial in Ordnung halten.* Verrat war das schlimmste aller Vergehen. Man konnte ein Geheimnis verraten, einen Freund und, was am verwerflichsten und unentschuldbar war: *die Sache.* Die Sache war so heilig wie die Blutflecken auf dem Fahnentuch.

Aus Anlaß der Gruppenratswahl wurde das Bild unseres Staatsratsvorsitzenden Walter Ulbricht von der Wand genommen und statt dessen das Bild Ernst Thälmanns über die Tafel gehängt. Ernst Thälmann war *ein tapferer deutscher Arbeiterführer*, der schon rechnen konnte, bevor er in die Schule kam, sich um seine hungernden Klassenkameraden sorgte und später in seiner Funktion als Führer der Kommunistischen Partei Deutschlands aufs Land fuhr, um mißtrauische Bauern von der Richtigkeit *der Sache* zu überzeugen. Bis zu seinem Tod hatte Ernst Thälmann jahrelang im Zuchthaus und Konzentrationslager gesessen, und Walter Ulbricht würde nichts dagegen haben, wenn wir sein Bild für einen Nachmittag von der Wand nahmen, denn der junge Walter hatte sich rührend um den im Zuchthaus sitzenden Ernst Thälmann gekümmert. Aber leider hatte auch Walter Ulbricht nicht verhindern können, daß Teddy, wie ihn seine Kampfgefährten liebevoll nannten, nach vielen Haftjahren heimtückisch ermordet wurde. Wir waren stolz, daß unsere Pionierorganisation seinen Namen tragen durfte, wir wollten werden wie er: *froh, aufrichtig, mutig und unerschrocken.*

Mein direktes Vorbild war Pawel Kortschagin. Die Frau in der Kinderbibliothek hatte mir das Buch empfohlen, obwohl es *noch nicht für mein Alter* war, und ich war ihr sehr dankbar dafür. Ich nahm Anteil am Schicksal des tapferen Pawel und natürlich auch am Schicksal des Autors, der blind war und das Buch mit Hilfe einer Holzschablone geschrieben hatte. Aber das wichtigste war, daß in dem Buch der Leitspruch meines künftigen Pionierlebens stand: *Das Wertvollste, was der Mensch besitzt, ist das Leben. Es ist ihm nur einmal gegeben, und er muß es so nutzen, daß ihn sinnlos verbrachte Jahre nicht qualvoll gereuen, daß er sterbend sagen kann, mein ganzes Leben, meine ganze Kraft habe ich dem Wertvollsten auf der Welt, der Befreiung der Menschheit, geweiht.* Ich schrieb diesen Spruch in die gerade in meiner Klasse in Mode gekommenen Poesiealben und unterschied mich so deutlich von den *Rosen, Tulpen, Nelken, alle Blumen welken*-Reimen meiner Mitschüler. Ich wollte für die Sache kämpfen, aber dazu mußte ich zuallererst in den Gruppenrat gewählt werden. Ich hatte getan, was ich tun konnte. Ich hatte zu Hause so lange genörgelt, bis wir zum Geburtstag unserer Republik das erste Mal flaggten. Unerwartet war mir dabei Tante Elvira zu Hilfe gekommen, die ihre Brille verlegt hatte und singend statt in ihr Zimmer in das Treppenhaus gelaufen war. *Die Fahnen hoch.* Wir mußten etwas tun, wir mußten zeigen, daß Tante Elviras Gesänge ein Versehen waren, und so hatte mein Vater im Kaufhaus eine Fahne gekauft. Schwarz-Rot-Gold mit dem Ehrenzeichen. Hammer, Zirkel, Ährenkranz, Symbol für die Verbundenheit der Arbeiter mit den Bauern und der werktätigen Intelligenz. Allerdings hatte mein Vater, unpraktisch wie er nun einmal war, die dazugehörige Halterung so angebracht, daß sich die Fahne nach unten neigte und jederzeit drohte, herauszurutschen und auf die Straße zu fallen. Aber es war ein Anfang gewesen und hatte dafür gereicht, daß *der Bonze* aus dem ersten Stock meinem Vater auf die Schulter schlug. *Das kriegen wir auch noch hin.*

Ein weiterer Abschnitt in meinen Bemühungen, ein guter Pionier zu werden, war die *Timurhilfe.* Wir hatten in der Schule die Geschichte von *Timur und seinem Trupp* gehört, die allen Leuten halfen und jeden Tag eine gute Tat vollbrachten. Leider konnte ich niemanden außer meiner Freundin Brigitte davon überzeugen, mit mir *einen Trupp* zu bilden. Wir liefen auf der Straße herum und hielten Ausschau, wo unsere Hilfe gebraucht wurde. Zuvor hatten wir im Keller auf Fräulein Meta gewartet, um ihr beim Kohlenholen zu helfen. Leider bekam sie einen Schreck, da gerade in dem Moment, als sie den Keller betrat, das

Licht ausging. Nachdem wir ihr die Eimer mühsam entrissen hatten, hinkte sie aufgeregt hinter uns her und rief immer wieder, *wir sollten keinen Schaden nehmen.* Auch Herr Schluntz verschmähte unsere Hilfe, gern hätten wir ihm etwas Holz gehackt, aber nach einem kurzen Kampf rang er uns das Beil aus den Händen. Eigentlich hatten wir auf mehr Dankbarkeit gehofft. Und so standen wir vor Herrn Liebigs Lebensmittelkonsum und warteten darauf, daß wir jemandem die Tasche tragen konnten. Herr Liebig, der uns mißtrauisch durch die Scheibe beobachtete, versuchte mehrfach, uns davonzujagen, *wir sollten hier nicht so herumlungern.* Bei Timur war alles viel einfacher gewesen. Wir fanden weder einen blinden Mann, den wir über die Straße führen konnten, noch eine gehbehinderte Frau, der wir die Taschen nach Hause tragen durften. Und als endlich eine Frau mit zwei schweren Taschen den Konsum verließ, drohte uns Herr Liebig, die Polizei zu holen, wenn wir seine Kunden weiterhin belästigen würden. *Undank ist der Welten Lohn.* Meine Freundin Brigitte bekam Angst, daß Herr Liebig seine Drohung wahr machen würde, und gab auf. Ich ging noch eine Zeitlang die Hauptstraße entlang auf der Suche nach jemandem, der meine Hilfe wirklich brauchen konnte. Dabei kam ich an der Gemüse-HO vorüber und sah, wie Frau Träger meiner Klassenlehrerin zwei schwere Beutel über den Ladentisch geben wollte. *Kann ich Ihnen helfen?*

Meine Lehrerin zuckte zusammen, ließ sich aber, wenn auch etwas widerstrebend, die beiden Beutel aus der Hand nehmen. Ich war noch nie bei meiner Lehrerin zu Hause gewesen. Nur wenn sie zum Lehrertag oder zu Weihnachten so viel geschenkt bekam, daß sie es nicht allein tragen konnte, wählte sie ein oder zwei Schüler aus, die ihr helfen durften. Und natürlich fiel ihre Wahl jedesmal auf Gerlinde Träger, die uns nur mitleidig anlächelte, wenn wir sie baten, uns etwas über Frau Hartmanns Wohnung zu erzählen.

Die Beutel waren schwer, und ich mußte mehrmals absetzen. Ich vermutete, daß Kartoffeln darin waren, fragte aber vorsichtshalber, ob auch Eier mit in den Beuteln wären, damit ich sie nicht, wie es mir leider schon oft passiert war, zerquetschte. Meine Lehrerin schüttelte nur den Kopf. Überhaupt war sie im Gegensatz zu sonst sehr schweigsam. Sie wohnte nicht weit von der Schule entfernt. Je näher wir ihrem Haus kamen, um so aufgeregter wurde ich, trotz aller Timurhilfe war ich gespannt, wie es in der Wohnung meiner Lehrerin aussehen würde. In unserer Klasse kursierten die merkwürdigsten Gerüchte. Einige behaupteten, sie hätte auch zu Hause eine Wandtafel, um sich daran auf unseren Unterricht vorzubereiten. Ich vermutete eher eine Sammlung Leninbilder, so wie ich es von Frau Goldhuhn kannte, bei der sogar im Portemonnaie an der Stelle, an der meine Mutter ein Foto von meinem Vater und die Konsummarken aufbewahrte, ein Jesusbild steckte. Eines war sicher: Sollte mir Frau Hartmann als Dank etwas anbieten, würde ich ablehnen, Timurhilfe war schließlich Ehrensache.

Es passierte im Hausflur bei Frau Hartmanns Versuch, mir die Beutel aus der Hand zu nehmen. Sie startete ihren Angriff unerwartet, und ich war so überrascht, daß ich nicht sofort losließ und die Henkel rissen. Der Inhalt der beiden Beutel ergoß sich über die Fliesen, und ich stand plötzlich in einem Meer aus Apfelsinen, Mandarinen, Nüssen, Pampelmusen. Es waren alles Dinge, die ich aus den Weihnachtspaketen von Tante Mia kannte, auch eine Ananas war dabei. Ich weiß nicht, warum ich wegrannte; war es der Schreck, oder die Angst, bestraft zu werden? Im Rückwärtslaufen trat ich auf eine Banane und konnte nur mit Mühe mein Gleichgewicht halten.

Am nächsten Tag traute ich mich kaum in die Schule, aber meine Lehrerin verlor kein Wort über den vergangenen Abend, war ausgesprochen freundlich zu mir und bat mich, ihr in der nächsten Woche bei der Vorbereitung der Gruppenratswahl zu helfen. Ich holte den Plattenspieler aus dem Musikzimmer und die Schallplatte mit den Pionierliedern. *Wir tragen die blaue Fahne, es ruft uns der Trommelklang, stimm fröhlich ein, du Pionier, in unseren Gesang.* Wir standen neben unseren Bänken, alle Schüler hatten ihre Pionierkleidung an, die weiße Bluse mit dem Flammenzeichen am rechten Ärmel, das blaue Halstuch, und wer Glück hatte, dem hatten die Eltern ein blaues Pionierkäppi gekauft. Mein Vater hatte mir nur Halstuch und Bluse bewilligt, *zehn Mark fünfzig reichen für diesen Unsinn.* Mein Vater mochte *die Roten* nicht. Sie waren unzuverlässig, ließen die Züge unpünktlich fahren und hatten keine Ziegel, um das Dach unseres Hauses zu reparieren, so daß wir in unserer Bodenkammer Wachstuch auslegen und nach jedem Regen die Blechschüsseln leeren mußten. Und vor allem waren sie nicht in der Lage, für Ordnung in den Läden zu sorgen. Erst unlängst hatte mein Vater die Leiterin des Fleischkonsums dabei erwischt, wie sie entgegen den neuen Bestimmungen Bockwürste für 80 Pfennig das Stück verkaufte, statt sie wie vorgeschrieben abzuwiegen. Die Beschwerde meines Vaters hatte keinen Erfolg gebracht, die Frau stand weiter hinter der Wursttheke, verkaufte die Bockwürste für 80 Pfennig und ließ auch die Waage nicht auspendeln, wenn sie Fleisch abwog. Wer nicht meckerte und ihr hin und wieder ein Päckchen Kaffee vorbeibrachte, dem legte sie Rouladen, Schinken oder sogar Schweinelendchen zurück. Wenn mein Vater am Freitagnachmittag bei ihr einkaufen ging, dann waren die Regale meist schon ausgewischt, und auf einem Tablett lag der kümmerliche Rest: Eisbein, Jagdwurst, Blutwurst, Schweinebauch. Während die Frau für meinen Vater 100 Gramm Hausmacher abwog, blickte sie ihm in die Augen und fragte: *Und was noch?*

Sie konnte sich das nur erlaubten, weil sie *ein Bonbon am Jackenaufschlag* trug. Kein Bonbon aus Zucker, sondern ein Abzeichen mit zwei ineinander verschlungenen Händen. *Eine Hand wäscht die andere.* Mein Vater war nicht in der Partei. *Er warf denen nicht auch noch Beitrag in den Rachen.* Und wie konnte man einem Staatsratsvorsitzenden vertrauen, der bei seinen Reden keinen richtigen Satz zusammenbekam und von dem erzählt wurde, daß er einen Zettel brauchte, um den Text abzulesen, wenn er seiner Frau Lotte gute Nacht sagen wollte.

Ich fand es ungerecht, wenn mein Vater so von Walter Ulbricht sprach, und ich fand es auch *disziplinlos*, wenn die Jungen unserer Klasse durch die Hüllen ihrer Drehbleistifte zerkaute Löschpapierkügelchen an das Bild über der Tafel spuckten. Wer die Nase traf, hatte gewonnen. Frau Hartmann war außer sich gewesen, und auch Gerlinde Träger war empört, denn sie wohnte, wie es sich für eine Gruppenratsvorsitzende gehörte, in dem Geburtshaus Walter Ulbrichts. Neben der Haustür hing eine Tafel, die an Walter Ulbricht erinnerte und zum Republikgeburtstag und zu den Wahlen mit einer grünen Girlande umrahmt wurde. Ich stellte mir vor, an meinem Geburtshaus würde einmal eine Tafel angebracht werden. Aber solange ich nicht einmal in den Gruppenrat gewählt wurde, war überhaupt nicht daran zu denken. Und wie sollte ich jemals auf die Kandidatenliste der Nationalen Front kommen.

Vom Sozialismus lernen – heißt siegen lernen. Zur Wahl trafen wir uns mit unseren selbstgestalteten Plakaten vor dem Schuleingang. Unsere Schule war *Wahllokal*, der Hausmeister hatte die Aula ausgeräumt, nur eine lange Tischreihe war geblieben, an deren Ende die Wahlurne stand. An den Tagen zuvor hatten wir das Treppenhaus mit Fahnen und Wimpelketten geschmückt und im Deutschunterricht die Nationalhymne in Schönschrift abgeschrieben. Die besten Arbeiten wurden im Foyer ausgehängt, davor stand der Schulchor und sang. *Wir sind die junge Garde des Proletariats.* Meine Aufgabe war, allen Bürgern behilflich zu sein, die den Weg zur Aula nicht fanden, und vor allem älteren Menschen beim Treppensteigen zu helfen. Ich führte sie an den ersten Tisch, an dem Herr Schluntz saß und die Dokumente kontrollierte. Denn nur, wer die Wahlbenachrichtigung und den Personalausweis vorzeigen konnte, durfte die Wahlzettel in Empfang nehmen. Die Namen der Anwesenden wurden auf einer Liste abgehakt, und wer nach der Kabine fragte, die in der Ecke neben dem Flügel stand, bekam zusätzlich ein Kreuz hinter den Namen. Meine Freundin Brigitte postierte sich neben der Wahlurne und machte jedesmal, wenn ein Wähler an die Urne trat, den Pioniergruß. *Bitte den Zettel nicht knicken.*

Die schönste Aufgabe hatte wieder einmal Gerlinde Träger. Sie durfte all denen Blumensträuße überreichen, die zum ersten Mal wählen kamen, aber auch denen, die es als ihre Pflicht ansahen, sofort zur Öffnung der Wahllokale, sieben Uhr, ihre Stimme abzugeben. Nach dem Mittag wurde Herr Schluntz unruhig. Er kontrollierte die Namen auf seiner Liste, und eine Abordnung freiwilliger Helfer wurde mit der fliegenden Wahlurne zu den Bürgern geschickt, die gehbehindert waren, krank oder so alt, daß sie nicht mehr aus dem Haus gehen konnten. Am Nachmittag wurden auch diejenigen besucht, die eventuell die Wahl vergessen haben könnten, sie wurden gebeten, *von ihrem Wahlrecht Gebrauch zu machen.* Meine Mutter hatte bei jeder Wahl Angst, daß sie auch zu uns kommen würden, denn mein Vater ging *die Roten* immer erst nach dem

Mittagessen wählen, um so zu zeigen, daß er sie nicht mochte. Meiner Mutter wäre es peinlich gewesen, hätten die Wahlhelfer bei uns geklingelt, aber es schien undenkbar, daß sie allein wählen ging. Erst nach ihrem Aufstieg in den DFD-Vorstand wurde sie mutiger und drohte meinem Vater mit Scheidung, wenn er nicht bereits am Vormittag mitkommen würde. Mein Vater wiederum war auf meine Mutter angewiesen, denn nur zu zweit konnten sie verhindern, daß Tante Elvira im Wahllokal die falschen Lieder sang. Ich verstand nicht, wieso mein Vater die Wahl nicht ernst nahm, ich hatte vor Aufregung in der Nacht vor der Gruppenratswahl nicht schlafen können.

Stillgestanden! Für Frieden und Sozialismus: Seid bereit! Immer bereit! Ich begrüße euch zu unserer Gruppenratswahl. Frau Hartmann leitete die Wahl. Es war wie gewohnt, der alte Gruppenrat wurde in das Präsidium gerufen, und Gerlinde Träger verlas den Rechenschaftsbericht. Die meisten Schüler unserer Klasse hatten das gesteckte Lernziel erreicht, aber noch immer gab es Pioniere, die keine Hausaufgaben machten, abguckten oder ihre Frühstücksbrote wegwarfen, obwohl in anderen Teilen der Welt täglich Kinder verhungerten. Wir sollten unsere Disziplin verbessern, unseren Fleiß, Ordnung unter unseren Bänken halten, Lernpatenschaften übernehmen und unsere Lehrer achten. Frau Hartmann klatschte am lautesten. Es gab für sie keine Frage, nach diesem schönen Vortrag konnte es nur so sein: die alte Gruppenratsvorsitzende würde auch die neue werden. Doch da geschah das Ungeheuerliche. Gerlinde Träger sagte, daß sie nicht mehr gewählt werden wollte, sie hätte es satt, immer Vorbild zu sein, sie wollte auch einmal mit den anderen in der Hofpause Hasche auf dem Schulhof spielen oder Gummihuppe und auf dem Klo Stammbuchbilder tauschen. Es war still im Klassenzimmer. Nur das schleifende Geräusch des Plattentellers war zu hören. Wie im Schlaf drückte Frau Hartmann den Hebel nach unten, der Saphir senkte sich auf die Platte. *Fröhlich sein und singen, stolz das blaue Halstuch tragen, andern Freude bringen, das geloben wir.* Nach dem Lied hatte sich Frau Hartmann etwas erholt. Sie bat Gerlinde, *ihre Entscheidung noch einmal zu überdenken.* Aber die Zeit drängte, nur an dem heutigen Tag konnte die Wahl durchgeführt werden, der Wahlberichtsbogen mußte ausgefüllt und beim Direktor abgegeben werden. Mahnend blickte Ernst Thälmann auf uns herab. *Gibt es Vorschläge?* Niemand meldete sich. Meine Chance war gekommen. Nur war das Problem, daß ich es für ungünstig hielt, mich selbst vorzuschlagen. *Junge Pioniere sind selbstlos und bescheiden.* Ich starrte auf die beiden Alpenveilchentöpfe, eine Blüte war auf das Fahnentuch geknickt. Die Stille wurde unerträglich. Niemand hatte mit diesem Vorfall gerechnet. Peter Schindler nicht, der ewige Stellvertreter, und vor allem Frau Hartmann nicht. Sie war aufgestanden, lief durch die Bankreihen und starrte auf das Bild über der Tafel, als erwartete sie von Teddy Thälmann Hilfe. Meine Hände wurden feucht, das Pioniertuch klebte am Hals. Es gab Bescheidenheit und falsche Bescheidenheit. *Du sollst dein Licht nicht unter den Scheffel stellen.* Die Spannung war nicht mehr auszuhalten, ich war kurz davor, meine Hand zu heben, da meldete sich meine Freundin Brigitte. Dankbar sah ich zu ihr herüber. Bei unserem verpatzten Timureinsatz hatte ich ihr von meinem geheimen Wunsch erzählt. Als erstes würde ich dafür sorgen, daß alle Schüler morgens rechtzeitig zum Unterricht erschienen. Ausreden wie »meine Mutti hat mich nicht geweckt« oder »die Milch war noch zu heiß« wären tabu. *Pioniere sind pünktlich und zuverlässig.* Und trotz meiner Fehlschläge würde ich es noch einmal mit der Aktion Timurhilfe versuchen. *Pioniere helfen überall mit.* Erwartungsvoll sah Frau Hartmann auf Brigitte, die inzwischen aufgestanden und neben ihre Bank getreten war. Sie stand da, in perfekter Pionierkleidung, die Sachen waren nicht, wie sonst üblich, von der großen Schwester übernommen. Es schien, als wollten die Eltern das, was sie an den Lesebüchern gespart hatten, mit der Pionierkleidung wiedergutmachen. Sogar einen blauen Pionierrock hatte sie bekommen. *Dein Vorschlag bitte?* Ich hielt vor Aufregung die Luft an. *Ich schlage vor*, die Pause danach schien Minuten zu dauern, *ich möchte Gruppenratsvorsitzende werden.* Ich hatte mich verhört, es konnte nicht anders sein. Ich sah zu Brigitte herüber, doch die starrte unverwandt auf das Thälmannbild. Wie durch eine Wand hörte ich Frau Hartmanns Stimme. *Gibt es noch andere Meldungen?* Die folgende Abstimmung lief vor meinen Augen ab wie ein Film. Ich sah, wie Frau Hartmann Brigitte die Hand schüttelte und ihr einen Strauß Alpenveilchen überreichte. Zum Abschluß sangen alle noch einmal das Pionierlied. Brigitte stand neben Frau Hartmann vor der Klasse, die Hand zum Gruß am Pionierkäppi. *Seid bereit, ihr Pioniere, laßt die jungen Herzen glüh'n, seid bereit, ihr Pioniere, wie Ernst Thälmann stolz und kühn.*

Ich half beim Aufräumen, faltete die Fahne von Kriwoi Rog ordentlich zusammen und brachte den Plattenspieler wieder ins Musikzimmer. Auf dem Gang kam mir Frau Hartmann entgegen. Sie blieb stehen, musterte mich kurz. Ihre Stimme klang enttäuscht, als sie sagte: *Und ich hatte gedacht, du würdest dich melden.*

Als Frau Hartmann nach den Winterferien zur Verbesserung der Lernarbeit neue Funktionen einführte, wurde ich, obwohl es mir egal war und ich mich nicht darum bewarb, Brigadeleiter der Fensterreihe. Auch mein Vater wollte plötzlich nicht mehr abseits stehen und trat als ehrenamtliches Mitglied in den Konsumvorstand ein. Er brauchte drei Jahre, um zu erreichen, daß die Verkäuferin aus der Fleischverkaufsstelle in eine andere Filiale versetzt wurde. Als mein Vater *aus dem Konsum austrat*, blieb er uns weiterhin in Form seines Konsumausweises erhalten. Wozu sollte meine Mutter noch einmal die fünfzig Mark Beitrittsgebühr bezahlen. Es galt, den Ausweis nur kurz zu zeigen, den Daumen über den Vornamen zu legen und der Verkäuferin ins Gesicht zu gucken und mit fester Stimme zu sagen: Kann ich bitte die Marken haben?

8
Schöne Bescherung

Von einem Tag auf den anderen war Tante Elvira verschwunden. Sie rief nicht wie an jedem anderen Morgen nach ihrem Frühstück. Sie verpaßte Gänsebraten, Thüringer Klöße, Rotkohl, und selbst der nachmittägliche Kaffeegeruch konnte sie nicht aus ihrem Zimmer locken. Ich fand die Tür, sooft ich daran klinkte, verschlossen, und auch dahinter war es ungewohnt still.

Es fehlten die Rufe der Tante nach meiner Mutter, die kurzen heiseren Schreie, die mich an den Raben aus dem Schneeköniginmärchen erinnerten: »Gerda, Gerda!«

Unwillig, jedoch mit der widerspruchslosen Geduld, die sie allen Dingen im Haushalt entgegenbrachte, war meine Mutter stets den Rufen gefolgt und in das Zimmer am Korridorende gerannt. Oft nur, um der Tante die immer gleiche Frage zu beantworten: »Wie spät ist es?«

Dabei galt Tante Elviras Interesse weniger der Uhrzeit als einem Glas Rotwein, das ihr meine Mutter täglich zur Kräftigung genehmigte, allerdings, so war es von meinem Vater festgelegt, erst nach zwanzig Uhr. Den ganzen Tag bettelte meine Tante um das Glas, um einen winzigen Schluck, beschimpfte meine Eltern als *Geizhälse, Mörder*, die einer *armen alten Frau den letzten Wunsch verwehrten*. Sie war ständig der Meinung, daß es viel später war, als meine Mutter vorgab, und erst mein Vater, der sich von einer *bösen alten Frau nicht drangsalieren lassen wollte*, setzte mit seiner Bemerkung, daß für sie sowieso *alles zu spät sei* und *ihre letzte Stunde bereits geschlagen habe*, dem Gezeter ein Ende.

Es war der Heilige Abend, an dem ich Tante Elvira zum letzten Mal gesehen hatte. In unsere alte Küchengardine gehüllt, stand ich vor ihrem Bett und mühte mich, mit viel Betonung einen Text aufzusagen, den meine Mutter als einen weiteren Beweis ihres *verkannten Talents* gedichtet hatte. *Vom Himmel hoch da komm ich her.* Mit großer Geste breitete ich meine Arme aus und ließ die Gardine um meinen Körper wehen. Aufrecht, mit vor der Brust gefalteten Händen saß Tante Elvira im Bett. Ihre grauen Haare, die sie entgegen ihrer sonstigen Gewohnheit offen trug, fielen auf den frischgestärkten Nachthemdkragen. Das Weiß des Hemdes ließ das rote, fast glühende Gesicht der Tante noch deutlicher hervortreten. Unbeweglich, mit starr auf mich gerichteten Augen, verfolgte sie jede meiner Bewegungen.

Pünktlich eine Woche vor dem ersten Advent hatten die Vorbereitungen begonnen. Während mein Vater wie jedes Jahr die drei alten Wehrmachtskisten mit katastrophensicher zwischen Holzwolle und Toilettenpapierbündeln verpacktem Weihnachtsschmuck aus dem Keller holte, zog sich meine Mutter in die Küche zurück. Einmal im Jahr wollte sie allen, und vor allem meinem Vater, zeigen, daß sie zu mehr taugte als zum Brötchenverkaufen und Treppewischen. Einmal im Jahr wurde unser Küchentisch, auf dem sie sonst Zwiebeln schnitt, Wäsche bügelte oder Kuchenteig ausrollte, zum Schreibpult. Einmal im Jahr fühlte sich meine Mutter *zu etwas Höherem berufen* und schrieb, von meinem Vater geduldet, *zur Freude der Familie* und aller kranken Hausbewohner, ein Weihnachtsstück. Bei den Aufführungen hielt sie sich, wie es im allgemeinen ihre Art war, im Hintergrund; als ihren Sprecher hatte sie mich erkoren. Mir gehörten das Lob, aller Ruhm, die Bonbons, Nüsse und Pfefferkuchen. Ich war *Zwerglein Hüpfelbein, Schneeflöckchen Fangmichdoch* und *Englein Sausewind.*

Den Auftritten gingen Wochen harter Arbeit voraus. Tag für Tag wurde während des abendlichen Abwaschs, bei dem mir das Abtrocknen zufiel – *jedes Kind muß eine Pflicht haben* –, eine Probe angesetzt, denn: *Nur Übung macht den Meister.*

Es reichte nicht aus, daß ich binnen kurzer Zeit den Text auswendig und ohne Stocken aufsagen konnte. Nach Meinung meiner Mutter fehlte mir das Eigentliche: *Das Gefühl für die Kunst.* Ich hatte keine Ahnung von richtiger Betonung, Mimik, Gestik, und meine Mutter selbst erklärte sich bereit, mich darin zu unterrichten. Ununterbrochen mußte ich die von ihr vorgegebenen Sätze nachsprechen, selbstverständlich ohne dabei das Abtrocknen zu vergessen. Ich mühte mich, hob die Stimme, dehnte die Silben, flüsterte, wann immer meine Mutter es wollte, und war dennoch ein schwieriger Schüler. Zu oft machte ich an den falschen Stellen eine Pause, nuschelte, leierte den Text herunter, stand da wie *ein Stock* und trieb so nach und nach meine Mutter *zur Verzweiflung.* Das hieß, ich brachte sie dazu, mir ein Beispiel zu geben. Unvermittelt, ohne sich von ihrem Lappen oder dem Geschirr, das sie gerade in der Hand hielt, zu trennen, fiel sie auf das Linoleum vor unserem Gasherd, streckte die Arme zur Decke, verdrehte die Augen und schrie mit verstellter Stimme: *Oh, welche edle Himmelsgabe!*

Der Inbegriff des *großen Theaters,* von dem sie oft sprach, aber in das ich sie nie gehen sah, war für meine Mutter der Melchtal-Monolog aus Wilhelm Tell. Einer von ihr selbst immer wieder erzählten Legende nach hatte meine Mutter bereits als zehnjähriges Mädchen ihre beiden Schwestern damit zum Weinen gebracht.

Ich wußte nicht, ob ich lachen oder weinen sollte. Einerseits fand ich den Auftritt meiner Mutter komisch, andererseits war ich erschrocken über ihren plötzlichen Fall, die heftigen Gebärden: *Sterben ist nichts – doch leben und nicht sehen.* Vielleicht war es der Schreck, die Fremdheit der Worte, die unvermittelten Drohungen: *Die Armbrust spannen und die schwere Wucht / der Streitaxt schwingen*, vermischt mit der Angst, daß dieser Zustand ewig anhalten könnte, der mich dann doch weinen ließ und, zur Zufriedenheit meiner Mutter, in die Reihe meiner schluchzenden Tanten stellte.

Obwohl mir seine Worte Furcht einflößten, hätte ich den Mann gern kennengelernt, dem es so einfach gelang, meine Mutter in die Knie zu zwingen. Sie nannte ihn *meinen Schiller* und hätte sich sicher gern wie er *völlig der Muse hingegeben.* Aber dazu stand ihr *der Haushalt im Wege*, und so übertrug sie auch diese Hoffnung auf mich. *Ich sollte es einmal besser haben* und würde, vorausgesetzt, ich beachtete alle mütterlichen Ratschläge, eines Tages *auf den Brettern stehen, die die Welt bedeuten.* Bis es soweit war, mußte ich noch viel lernen; und vor allem galt es, die Zuschauer von meinen Darbietungen zu überzeugen, sie glauben lassen, daß ich Zwerglein Hüpfelbein oder Englein Sausewind war.

So konnt ich denn aus luftgen Höhn der Tante Wünsche gleich erspähn. Das hin und her flackernde Kerzenlicht gab Tante Elviras Gesicht etwas Geheimnisvolles, beinahe Hexenhaftes. Ich spürte die Abhängigkeit der Tante von meinen Worten, und eine Gänsehaut zog sich über meinen Rücken. Ich vergaß meine Mutter, die dicht an den Kleiderschrank gedrückt außerhalb des Kerzenscheins stand.

Nur einmal war meine Mutter aus der Dunkelheit getreten. Es war eine der Geschichten, die sie mir auf mein Bitten hin vor dem Einschlafen erzählte. Sie begann immer mit den Worten: *Als ich noch jung und frei war.* So auch im Februar fünfundvierzig, dem letzten Kriegswinter. Selbst unter meiner Bettdecke fühlte ich die Kälte, in der meine Mutter damals durch die Straßen ging. Es war Nacht, sie lief zum Polizeipräsidium. *Feindliche Bomber im Anflug auf Riesa.* Meine Mutter war ein *Blitzmädel, ein Mädchen für alles.* Und in dieser Nacht, als die Meldungen nicht abreißen wollten und Fräulein Leithold vor Erschöpfung nicht mehr sprechen konnte, war meine Mutter unverhofft ans Mikrophon gerückt. Sie hatte sich konzentrieren müssen, hatte versucht, die Worte ordentlich auszusprechen. Sie war erschrocken, als plötzlich die Tür aufging und Oberst Hähnel, den die Russen dann später aufgehängt hatten, obwohl er ein *feiner Mann* war und Familie hatte, nach der Sprecherin der letzten Meldung gefragt hatte. *Endlich mal eine ordentliche Durchsage.* Von nun an saß meine Mutter täglich am Mikrophon, und vielleicht wäre daraus der Beginn einer großen Rundfunkkarriere geworden. Doch der Traum fand wenige Monate später sein Ende, und meine Mutter begann als Ladenhilfe bei Bäcker Schulz: der Russen und der schlechten Zeiten wegen.

So will ich denn mit etwas Wein die liebe Tante hoch erfreun. Erst als ich Tante Elvira das Geschenk, eine in Weihnachtspapier gehüllte Rotweinflasche, auf die Bettdecke legte, löste sich die Starre. Hastig griff die Tante nach dem Paket, preßte es mit einer Hand gegen ihre Brust, während sie mit der anderen nach meiner Hand griff und immer wieder ihren feuchten Mund auf meine Fingerspitzen drückte: *Englein, mein Englein!* Noch in der Nacht hörte ich Tante Elvira in ihrem Zimmer singen: *Lobet den Herrn.*

Am darauffolgenden Morgen war es ungewöhnlich still. Es war nicht die erwartete sanfte Stille, in der ich mich, noch im Schlafanzug, vor allen anderen ins Wohnzimmer schleichen wollte. Ich liebte diesen Morgen nach dem

Heiligen Abend. Nur an diesem einen Morgen im Jahr gab es diesen Duft, eine Mischung aus verbranntem Kerzenwachs, Pfefferkuchen, Tannenzweigen, Äpfeln, den Apfelsinen aus Tante Mias Paket. In diesem Moment war für mich richtig Weihnachten. Ich konnte die elektrische Weihnachtsbaumbeleuchtung einschalten, die Kerzen nur für mich brennen lassen, mein Gesicht in der großen, silbernen Glaskugel betrachten: langgezogen oder breit, je nachdem, wie ich die Kugel drehte. Ich suchte nach den Glasvögeln auf den Zweigen. Der bunte mit dem kaputten Schnabel, der weiße mit dem Seidenschwanz und ganz oben, direkt unter der Spitze, der goldene mit echten Federn. Alles war am gewohnten Platz, die silbernen Tannenzapfen an den kurzen Zweigen unter der Spitze, darunter die kleinen bunten Kugeln mit dem Sternenmuster, das sorgfältig über die Zweige gelegte Lametta. Der Weihnachtsbaum war *das Werk* meines Vaters. Eine Woche vor dem Heiligen Abend wurde bei uns immer das Wohnzimmer abgeschlossen, der Teppich eingerollt, und alle Möbel, die *die Arbeit behinderten,* wurden auf den Korridor gestellt. Dann war alles Sache der *Wichtelmänner*; in ihrem Auftrag holte mein Vater drei große Kisten aus dem Keller, die ebenfalls eine Zeitlang auf dem Korridor standen und den Weg zum Schuhschrank versperrten. Sie hatten Eisenbeschläge, eingelassene Griffe, und an zwei Seiten konnte ich noch, trotz mehrerer Farbschichten, das Wort *Wehrmacht* mit dem Finger nachzeichnen. Vater schleifte die Kisten an einem Griff über den Korridor und zog mit den Beschlägen jedesmal Spuren auf den gestrichenen Dielenbrettern. Das war der Beginn eines bis in die späten Stunden des Heiligen Abends hinausreichenden Streites. Pünktlich vier Tage vor dem Weihnachtsabend brachte mein Vater einen riesigen Baum, dessen Transport zwischen den abgestellten Möbeln kompliziert war und meist mit kleineren Schäden endete. Wenn mein Vater den Baum in den Ständer einpaßte, ging meine Mutter bereits Heftpflaster und Schere holen, die sie dann wortlos durch die nur einen Spaltbreit geöffnete Wohnzimmertür reichte. Denn alle Aktionen geschahen unter strengster Verschwiegenheit, ich sollte *von allem nichts mitbekommen*, durfte das Wohnzimmer nicht betreten und wurde jeden Abend von meinem Vater gefragt, ob ich denn glaube, daß es in diesem Jahr einen Weihnachtsbaum geben werde. Obwohl ich durch das Schlüsselloch zusehen konnte, wie mein Vater die Kugeln aus den Kisten nahm, vorsichtig mit einem Lappen polierte, obwohl ich ihn das Lametta glattstreichen und auf einer Stuhllehne nach Länge sortieren sah, war ich jedesmal aufs neue überrascht, wenn ich *das Weihnachtszimmer* endlich betreten durfte. Es war, als hätte ich noch nie einen Weihnachtsbaum gesehen. Aber so richtig darüber freuen konnte ich mich erst am darauffolgenden Morgen. Dann konnte ich die Süßigkeiten von meinem bunten Teller probieren und ohne Angst, ermahnt zu werden, drei Schokoladenplätzchen auf einmal in meinen Mund stecken. Befreit von der Hektik des Vorabends konnte ich Besitz nehmen von meinen Geschenken, mußte nicht auf die Frage *Freustdudich?* antworten und nicht ständig *DankelieberWeihnachtsmann* sagen. Ich konnte einfach in aller Stille alles für mich allein genießen.

Aber irgend etwas hielt mich an diesem Morgen davon ab, nach dem Metallbaukasten zu greifen oder die Möbel in der Puppenstube zu verrücken. Ich wagte nicht einmal, in meinem neuen Indianerbuch zu blättern. Ich setzte mich an den Sessel am Fenster, sah hinaus in den trüben Morgen, auf die Flocken, die, als könnten sie sich nicht entschließen, zu Boden zu fallen, endlos durch die Luft wirbelten. Ich saß inmitten der Stille und hoffte, daß meine Eltern endlich aufstehen würden.

Ich erwachte durch ein Poltern, hörte Stimmen auf dem Korridor, sah durch das Schlüsselloch einen Mann im dunklen Anzug auf dem Flur stehen. Noch immer barfuß, trat ich hinaus, hörte den Mann von einer *ungewöhnlichen Zeit* sprechen und meinen Vater von *einer schönen Bescherung*. Ich sah den Mann die Hand aufhalten und meinen Vater einen Geldschein hineinlegen. Der Mann lachte kurz, machte eine leichte Verbeugung und hatte, während er meinem Vater *schöne Feiertage* wünschte, schon wieder ein ernstes, sorgenvolles Gesicht. In diesem Moment wurde ich von meiner Mutter entdeckt und zurück ins Wohnzimmer geschoben: *Du willst dir wohl ohne Hausschuhe den Tod holen!*

Erst am Abend rief mich mein Vater zu sich, strich mir über den Kopf und sagte, daß *der Herr Tante Elvira zu sich gerufen habe.*

Sofort ahnte ich das Unheil, und je mehr ich darüber nachdachte, um so klarer wurde mir das Ausmaß meiner Schuld. Ich wagte nicht, meiner Mutter in die Augen zu sehen. Schweigend verließ ich das Zimmer. Freiwillig ging ich zu Bett, suchte im Dunkel den Spalt zwischen Rollo und Fensterrahmen, sah in den sternenlosen Himmel. Stimmte es wirklich, daß *die Kunst Opfer forderte*? Was wäre gewesen, wenn meine Eltern sich gestern abend nicht wegen der vermeintlich schiefen Weihnachtsbaumspitze gestritten hätten und ich, so wie in den anderen Jahren, dem lahmen Fräulein Meta und der ewig erkälteten Weber-Pipen mein Programm gezeigt hätte? Ich dachte an Tante Elvira und konnte mich nicht einmal freuen, daß mir nun für immer die beiden Porzellanhunde gehören würden.

9
Fasching

Wenn ich es wollte, konnte ich alles sein: Prinzessin, Aschenbrödel, Primaballerina. Ich brauchte nur einzutreten in das geheimnisvolle Halbdunkel des Kleiderschrankes meiner Mutter, in eine verführerische Zauberwelt voller Schachteln und Döschen, schwarzer Seidenhandschuhe, Lackledertaschen, Haarschleifen, Spitzenschals und Hüte, und mich einfangen lassen von dem schwindenden Duft der Parfüme, einem Gemisch aus Moschus, Lavendel, Jasmin, über die Jahre hinweg in den Stoffen gehalten wie eine alte Erinnerung. Dazu kam der Geruch durchtanzter Nächte, Schweiß, Tabak, Blumen, der täglich ankämpfen mußte gegen den beißenden Geruch des Mottenpulvers.

Der Kleiderschrank war der andere Teil meiner Mutter, eine verschwiegene, mit Mottenkugeln am Leben gehaltene Vergangenheit. Nie sah ich meine Mutter in einem der Seidenkleider, der weitschwingenden Röcke oder mit einem der Hüte. Nur einen einzigen Sommer lang trug sie auf unseren sonntäglichen Spaziergängen ein geblümtes, zu beiden Seiten tief ausgeschnittenes Leinenkleid. Mein Vater hielt nichts von derartigem *Firlefanz*. Seine Frau sollte ordentlich angezogen gehen, im dunkelblauen Kostüm mit weißer, gestärkter Bluse, und sich nicht halbnackt der Öffentlichkeit zeigen.

Mir allein blieben die Kleider vorbehalten, ich durfte die

leblosen Hüllen zum Leben erwecken, mich in ihnen vor dem Spiegel drehen, durch die Wohnung laufen, schön sein. Sie verwandelten mich auf eine wunderbare Weise. In ihnen konnte ich tanzen, über die Dielenbretter schweben wie über das Parkett eines Thronsaals. Ich stakste auf zehn Zentimeter hohen Absätzen durch die Wohnung und wartete darauf, daß ein Prinz mich heiraten würde. Am meisten jedoch liebte ich einen kleinen abgegriffenen Handkoffer, der ganz hinten von Kleidern verdeckt in einer Ecke stand. Er barg das geheimste aller Geheimnisse. Gehütet zwischen brüchigem Seidenpapier lagen eine schwarze Satinhose, ein geblümter Frack mit samtenen Revers, ein zusammengeklappter Zylinder sowie extra verpackt ein dünner Holzstab, nicht größer als ein Bleistift. Nahm ich den Stab in die Hand, spürte ich, wie er seine Kraft auf mich übertrug und mich die unwahrscheinlichsten Dinge vollbringen ließ. Simsalabim! Von einer Sekunde zur anderen verwandelten sich meine Matrosenkleider in einen Stapel blau-weiß gestreifter Scheuerlappen. Abrakadabra! Mein Vater verschloß für immer seinen Schreibtisch und hüpfte fröhlich singend durch unsere Wohnung. Hokuspokus Fidibus! Meine Mutter bekam einen unversiegbaren Vorrat an Haushaltsgeld. Dreimal schwarzer Kater! Aus Schwarzbrot wurde Marzipanbrot.

Sosehr ich auch fragte, die Herkunft des Koffers blieb ungeklärt. Meine Mutter hatte ihn von *wasweißichwoher*, und mein Vater wollte *damitnichtszutunhaben*. Ich war mir sicher, daß sie die Unkenntnis nur spielten. War meine Mutter die verstoßene Tochter eines Zauberers? Oder war mein Vater ein verzauberter Zauberer, bestraft mit einem langweiligen Büroleben, niedrigem Gehalt, zwei linken Händen und einem unfolgsamen Kind?

Meine Vermutungen wurden genährt durch das konsequente Verbot, mich in dem Zaubererkostüm zu zeigen, obwohl es einmal im Jahr möglich gewesen wäre.

Meine Kostüme waren anderer Art. Auch zum Fasching galt es in der Schule, die Beste zu sein. Meine Mutter lechzte geradezu nach dem Preis für das schönste Kostüm. Bei ihrer Auswahl richtete sie sich nach *den Zeichen der Zeit* und schickte mich als Verkehrspolizistin, Nachrichtensprecherin und Reinlichkeitsapostel *Kundi* ins Rennen. Ich bestieg den Thron, der nicht aus Gold war, sondern ein mit Kreppapier bespannter Lehrerstuhl, nicht als legitimierte Zauberinnentochter, sondern als *Korbine Früchtchen*, Fleißsymbol der Kinderzeitschrift *Fröhlich sein und Singen.* Ich erntete, neben den Erdbeeren in meinem Korb, den ersten Preis und das Gelächter der Klasse. Dabei konnte ich zufrieden sein, daß mir der Auftritt als *Freiheitskämpferin Angela Davis* erspart blieb, weil meine Mutter nach mehreren vergeblichen Versuchen einsah, daß sich meine dünnen Haare niemals zu Locken drehen lassen würden und auch der stark entölte Kakao von VEB Goldeck meine Haut nur schwach färbte. Glücklicherweise entschied sich meine Mutter gegen braune Schuhcreme. Schon Wochen vor dem Fasching fürchtete ich mich vor den Ideen meiner Mutter. Gern wäre ich *so einfallslos* wie meine Klassenkameraden gewesen, hätte mich als Cowboy verkleidet, als Clown oder Rotkäppchen. Aber meine Mutter war nie um einen Einfall verlegen. Für immer wird mir mein Auftritt als *Messemännchen* in Erinnerung bleiben.

Die Idee galt als genial, zumal die Vorbereitungen schnell getroffen waren. Ein alter Schlafanzug wurde mit Holundersaft blau gefärbt, im Kleiderschrank fand sich ein geeigneter Hut, den meine Mutter mit einem doppelten »M«, dem Zeichen für *Muster-Messe*, schmückte, und mein Vater opferte seine Aktentasche. Eine erstaunliche Tatsache, denn die Tasche galt als Heiligtum, als wichtigstes Symbol eines intakten Bürolebens. Sie wurde gehütet, einmal in der Woche gründlich eingefettet und allabendlich mit feierlicher Zeremonie ausgeräumt, flach auf den Schreibtisch gelegt und mit Band drei und sieben von Meyers Lexikon beschwert, um sie vor etwaigen Ausbeulungen zu schützen. Dabei gelang es meinem Vater immer wieder, den Inhalt der Tasche unauffindbar in allen Winkeln der Wohnung zu verteilen, um am anderen Morgen wie ein verzogenes Kind nach Brieftasche, Straßenbahnkarte und Taschentuch zu rufen. Tagein, tagaus verließ er mit hastig gepackter Tasche die Wohnung, jedoch nie, ohne vorher das Leder mit einem weichen Lappen noch einmal poliert zu haben. Und so war es für mich unglaublich, daß mein Vater wegen einer trivialen Faschingsfeier den Amtsweg einen ganzen Tag lang mit einem buntgeblümten Dederonbeutel beschreiten wollte.

Als vermeintliche Krönung machte meine perfektionsliebende Mutter aus meinem Kopf einen Globus, zeichnete mit einem Augenbrauenstift Längen- und Breitengrade über mein Gesicht und glich mich so meinem angeblich weltoffenen Vorbild an. Auf meiner Nasenspitze lag Greenwich, über mein Kinn zog sich die spanische Küste, kurz vor dem rechten Ohr begannen Kanada und die Vereinigten Staaten, die ganze linke Gesichtshälfte gehörte der Sowjetunion. Die anderen Länder rutschten meiner im Weltkartezeichnen ungeübten Mutter unter mein Kinn, und auch mein Heimatland wurde wegen seiner geringen Größe nur ein schmieriger schwarzer Fleck. Alles in allem war meine Mutter jedoch zufrieden, sie steckte mir eine extra für diesen Anlaß gekaufte Pfeife in den Mund und schickte mich, in Erwartung neuer Triumphe, in die Schule.

Den Hut tief ins Gesicht gezogen, stampfte ich durch den Schneematsch, achtete nicht auf die Passanten, die mir lächelnd hinterherschauten, ignorierte meinen kleinen Bruder, der in Anbetracht der bevorstehenden Frühjahrsmesse bereits aus allen Schaufenstern grüßte. Ich wollte schnell vorankommen, das Schulgebäude erreichen, das Klassenzimmer, untertauchen im bunten Gewirr der Masken, mich verstecken zwischen Teufel und Großmutter, Rotkäppchen und dem Wolf. Noch immer war ich der Hoffnung, daß man mich nicht erkennen und für einen beliebigen Mann im Anzug halten konnte. Meine Hoffnungen wurden nicht erfüllt. In ihrem Übereifer war meiner Mutter ein entscheidender Fehler unterlaufen. Sie hatte sich, meine Beteuerungen mißachtend, für den kalendarischen Fasching entschieden. Was zählte meine Eintragung in das Hausaufgabenheft gegen den Willen meiner Mutter, wer feierte schon an einem Aschermittwoch, wenn Dienstag der richtige Faschingstag war. Ich hatte beim Einschreiben geschludert, wie konnte es anders sein.

Obwohl es nur ein einziger Tag war, trennten mich von meinen Klassenkameraden Jahre. Ungeschützt stand ich vor ihnen, im fleckigen Schlafanzug, mit einem viel zu großen Hut auf dem Kopf, der Weltkarte im Gesicht, hielt krampfhaft den Griff der väterlichen Aktentasche wie einen Rettungsanker und trieb doch erbarmungslos hinaus aufs offene Meer. Meine Klassenkameraden starrten mir mit weitaufgerissenen Augen hinterher und schienen von der Ungewöhnlichkeit des Vorfalls so beeindruckt zu sein, daß sie zu lachen vergaßen. Unfähig, mich zu bewegen, konnte ich nicht aufhören, auf die Kleidung der Kinder vor mir zu sehen. Mir war, als sehe ich zum ersten Mal in meinem Leben: Pullover, Blusen, Hemden. Ich sah geblümte Baumwolle, Trevira, zwei rechts – zwei links, Silastik; ich sah Rüschen an Knopfleisten, Norwegermuster auf Westovern, am Ellenbogen gestopfte Ärmel, zerkaute Kragenecken. Ich konnte mich nicht abwenden, mußte immer wieder sehen, sehen, sehen. Der Schock saß so tief, daß ich nicht einmal weinen konnte.

Meine Lehrerin Frau Hartmann dagegen ließ ihrer Begeisterung freien Lauf, nannte meine Idee gelungen und begann sofort nach dem Stundenklingeln mit einem Vortrag über die Leipziger Messe.

Ich weiß nicht, woher ich die Kraft nahm, auf meinen Platz zu gehen. Weder Hut noch Aktentasche paßten unter die Bank, meinem Schicksal ergeben, preßte ich beides gegen meinen Körper und wartete auf das Ende. Ich saß noch so, lange nachdem alle Kinder gegangen waren, stand erst auf, als es bereits dämmerte, lief mit schleifender Aktentasche durch das Schulhaus. Erst jetzt konnte ich weinen. Meine Tränen liefen direkt hinein in den Atlantischen Ozean, verwischten die Grenze zwischen Sowjetunion und China, spülten Europa über mein Kinn. Die Welt rann in schwarzen Bächen über mein Gesicht, tropfte auf meinen Schlafanzug, löste den Holundersaft und kehrte als blaue Flecken auf meine Hände und mein Gesicht zurück. Ich lief durch die Straßen und empfand die Dunkelheit und den Lärm der Autos als Geborgenheit. Keiner der vorbeihastenden Passanten beachtete mich, ich lief und lief, bis mich die Müdigkeit zwang, nach Hause zu gehen.

Von diesem Tag an besuchte ich nie wieder einen Fasching. Vorüber waren die herrlichen Nachmittage vor dem Kleiderschrank meiner Mutter, der Genuß der Verwandlung, das Schweben zwischen Traum und Wirklichkeit. Ich hatte Angst vor jeder Art der Verkleidung, prüfte alle Kleidungsstücke auf ihre Unauffälligkeit. Nie wieder sollte sich mein Faschingserlebnis wiederholen.

Es erwischte mich Jahre später. Wie auch meine Klassenkameraden hatte ich mich, mehr oder weniger dem Willen meiner Eltern und *dem guten Ton* gehorchend, für einen Tanzkurs gemeldet.

Die sogenannte *Tanzstunde* fand ein Jahr lang an jedem Montagnachmittag statt und sollte uns befähigen, auf allen Böden der Welt und vor allem auf unserer eigenen Hochzeit zu tanzen. Wozu sonst sollte ich Walzer, Rumba, Rheinländer oder Polonaise erlernen? Zu den wenigen, von unseren Lehrern genehmigten Diskonachmittagen sprangen wir willkürlich im Takt zur schrillen Musik aus übersteuerten einskommafünf-Watt-Boxen über die geölten Dielenbretter unseres Klassenzimmers. Nina Lizells *Rauchen im Wald ist verboten* wurde genauso inbrünstig abgehüpft wie Chris Doerks *Was erleben.* Dazu kam der unserem Hüpfzwang entgegenkommende Letkiss sowie der Brudertanz Kasatschok, bei dessen aufwendigen Verrenkungen wir uns das Fußbodenöl auf Hände und Sachen schmierten: *Ras dwa tri!*

Nur die Aussicht, meinem Partner bei den wenigen langsamen Tänzen nicht ununterbrochen auf die Füße zu treten, ließ mich nachgeben. Doch der Preis war hoch. Das betraf nicht nur den Beitrag von vierzig Mark, den mein Vater zögernd bewilligte, den wirklichen Einsatz hatte ich zu zahlen.

Es begann mit meiner Verkleidung. Aus mir unerfindlich bleibenden Gründen mußte jedes Mädchen, das tanzen wollte, in einem Kleid erscheinen. Nicht Rock und Bluse zählten, nur ein Kleid durfte es sein, so war es vorgeschrieben. In Anlehnung an meine glücklicherweise verwachsenen Matrosenkleider entschied sich meine Mutter für ein dunkelblaues Kleid mit weißem Bubikragen. Auch eine Handtasche gehörte zu meiner Ausstattung, und damit die ganze Sache nicht unnötig teuer wurde, mußte ich mit Tante Elviras schwarzer Lackledertasche vorliebnehmen, *geerbt blieb schließlich geerbt.*

Entgegen allen Erwartungen begann der Kurs nicht mit Tanz, sondern einem Vortrag über die so oft gehörten

Grundsätze des guten Benehmens. Wer tanzen wollte, hatte sich gerade zu halten, die Hände aus den Taschen zu nehmen, nicht unaufgefordert zu reden oder Witze zu reißen, mußte mit geputzten Schuhen und gekämmten Haaren erscheinen. Es folgte ein Blick in alle Handtaschen: Maniküre, Taschentuch, Kamm, Geldbörse gehörten zur Grundausstattung, alles andere landete im Papierkorb. Den Schluß bildete die Kontrolle der Fingernägel. Alle *Trauerränder* wurden unter Strafandrohung zum Waschen geschickt. Erst dann begannen wir mit der *Aufforderung zum Tanz.*

Nach Geschlechtern getrennt, hatten wir Aufstellung zu nehmen. Zwischen uns lag die noch unberührte, spiegelnde Fläche des Parketts. Wir winkten uns zu, schnitten Grimassen, wurden verwarnt. Der Tanzlehrer postierte sich zwischen den Fronten, vergewisserte sich unseres Gehorsams, gab klatschend das Zeichen zum Beginn wie ein Zeremonienmeister bei Hofe. Er wurde von der heranrollenden Woge mitgerissen. Es war der Kampf der Schuhsohlen gegen das glatte Parkett. Es gewannen immer die Falschen. Doch aller Einsatz war umsonst. Sie wurden zurückgeschickt, wieder und wieder, bis ihnen die Lust verging und sie nur noch über das Parkett schlichen. Die *Herren* sollten lernen, sich zu benehmen, kein Rempeln mehr, kein Streit, sie mußten auf ihre *Dame* zuschreiten, nur eine leichte Verbeugung: *Darf ich bitten?*

Alle Hast erwies sich als unnötig, denn es waren mehr Mädchen vorhanden als Jungen. Mit angehaltenem Atem, in vorgeschriebener Haltung, *die Füße zusammen, meine Damen*, saßen wir auf unseren Stühlen, dem Schicksal ergeben, bereit, jeden Arm zu nehmen, der sich uns bot. Wir erfuhren das bisher unbekannte Gefühl, *sitzenzubleiben*, von niemandem gewollt zu werden, vielleicht als Übung für später. Aber im Gegensatz zu *später* gab es keine Zigarette, an der man sich festhalten konnte, kein Weinglas und nicht die Behauptung: *Ich tanze sowieso nicht!* Hier zählte nur, aufgefordert zu werden; wer sitzenblieb, erntete statt Mitleid Spott. Obwohl, ich war mir nicht sicher, was schlimmer war: sitzenzubleiben oder zu tanzen. Zu jeder Art der Musik gab es eine vorgeschriebene Schrittfolge, »Eins! Zwei! Drei! Vier!«

Wir kämpften uns über das Parkett, klammerten uns verzweifelt aneinander, nur um nicht aufzufallen, denn wer auffiel, wurde in die Mitte gerufen und dem Gelächter aller preisgegeben. Nie konnten wir es unserem Tanzlehrer recht machen, wir waren zu ungeduldig, zappelig, ungeschickt, eben einfach *Trampeltiere.* Immer mehr meiner Klassenkameraden verließen die Tanzstunde vorzeitig. Meine Bitten dagegen blieben ungehört, schließlich hatte mein Vater das Geld nicht umsonst ausgegeben. Vor allem die Jungen blieben der Tanzstunde fern. Das deutliche Übermaß an Mädchen brachte unseren Tanzlehrer auf eine grausame Idee. Er ließ uns antreten, prüfte uns aus einigem Abstand und begann mit der Auswahl. War es meine Körpergröße, mein Haarschnitt, das dunkle Kleid oder einfach nur der Zufall, der mich von nun an zu einem Jungen machte? Jetzt hatte ich über das Parkett zu eilen, mir ein Mädchen zu suchen, eine leichte Verbeugung: Darf ich bitten? Ich lernte beim Tanzen zu führen, meine Partnerin zum Platz zu begleiten, nur das Unglück ertragen, lernte ich nicht.

Da stand ich wieder, im blaugefärbten Schlafanzug, den Hut auf dem Kopf, die Aktentasche in der Hand: *Darf ich bitten?*

Meine Erlösung erschien in Form eines dicklichen Jungen, dessen Partnerin plötzlich erkrankt war. Ich hoffte auf eine lange schwere Krankheit und wäre auch mit dem Tod des Mädchens einverstanden gewesen, um meinen Tanzpartner zu behalten. Es störte mich nicht, daß er wesentlich kleiner war als ich, trotz seiner zahlreichen Pickel erschien er mir als der schönste Junge, den ich kannte. Wir beschlossen, das kommende Leid zu teilen. Vor uns lag der Abschlußball, den wir fürchteten und gleichermaßen herbeisehnten. Mein Märchenprinz hatte mich von zu Hause abzuholen. Wie verabredet stand er an jenem Abend vor unserer Wohnungstür. Er trug einen dunklen Anzug, den seine Eltern in Anbetracht der im nächsten Jahr stattfindenden Jugendweihe *auf Zuwachs* gekauft hatten. Die Hosen schleiften auf den Schuhen, mit einer nervösen Bewegung versuchte er die Anzugjacke auf den Schultern zurechtzurücken, trotzdem erwischte ich versehentlich nur das Ende des Jackenärmels, als ich ihm die Hand zum guten Tag sagen geben wollte. Ich bat den Jungen, wie es *das gute Benehmen* vorschrieb, in unsere Wohnung und führte ihn zu meiner Mutter. Wortlos zog der Junge einen zerknautschten Rosenstrauß unter seiner Jacke hervor und drückte ihn meiner Mutter in die Hand. *So ein netter junger Mann.* Meine Mutter tat, als begrüße sie ihren zukünftigen Schwiegersohn. Glücklicherweise schrie im Schlafzimmer mein Vater nach seiner Krawatte. Schweigend stand ich dem Jungen auf unserem Korridor gegenüber. Auch ich hatte ein neues Kleid bekommen, und was am schlimmsten war, Schuhe mit *einem leichten Absatz.* Meine Zehen schmerzten schon beim Stehen. Ich konnte nicht verstehen, warum Frauen sich das antaten. Der Junge zurrte an seiner Krawatte und machte ein Gesicht, als würde er in wenigen Minuten erstickt zu Boden fallen. Endlich kamen meine Eltern aus dem Schlafzimmer. Auch mein Vater zog an seiner Krawatte. Meine Mutter trug ein neues Jackenkleid, das sie sich extra für diesen Tag gekauft hatte. Lange hatte sie im Kaufhaus vor diesem Kleid gestanden. Aber es war von vornherein klar gewesen, daß unser Geld nur für ein Kleid reichen würde, und ich war nun einmal *die Hauptperson,* und so würde sie *mir zuliebe* verzichten müssen. Ich hätte gern auf dieses Privileg verzichtet. Aber es gab kein Entrinnen: *Zu einem Abschlußball gehörte ein neues Kleid.* Und so hatte ich willenlos nacheinander alle Kleider anprobiert, die mir meine Mutter in die Kabine gebracht hatte. Ich fand alle gleichermaßen häßlich, aber mir war klar, daß ich mich am Ende für eines der Kleider entscheiden mußte. Ich sollte nicht dastehen wie ein Sack, andere Mädchen wären ihren Eltern dankbar, wenn sie ein neues Kleid bekommen würden. Es folgte der Hinweis auf die hungernden Kinder in Afrika, ich wüßte gar nicht, *wie gut es mir ging.* Am Ende wählte meine Mutter das kleinere Übel und nahm das billigste Kleid. Es kostete, obwohl es laut meiner Mutter *eine gute Qualität hatte,* nur zwanzig Mark. Wenn ich mich im Spiegel ansah, wußte ich, warum das Kleid so billig gewesen war. Es war aus einer Art hellblauem Möbelstoff, der so fest war, daß ich das Kleid am Abend vermutlich neben mein Bett stellen konnte. An Halsausschnitt, Ärmeln und Saum waren weiße Rüschen angenäht, und eine weiße Rüschenschärpe zog sich quer über das Kleid. Ich kam mir vor wie ein bemaltes Osterei. Dabei war der Kauf ein besonderer Glücksfall gewesen, denn auf dem Heimweg vom Einkauf hatten wir auf dem Gehweg einen Kassenzettel gefunden. Alles stimmte überein, Artikelbezeichnung, Datum und Größe. Nur der Preis war deutlich höher: um genau 60 Mark. Einen Moment hatte meine Mutter gezögert, bevor sie meinem Vater den falschen Kassenzettel zur Abrechnung gab. *Wir haben schließlich nur eine Tochter.* Anteil Mutti, Anteil Vati – mit einem Schlag hatte meine Mutter 30 Mark verdient, genau die Summe, die ihr zum Kauf des Jackenkleides gefehlt hatte.

Das ganze verbuchte sie unter der Rubrik Notlüge, und

ich bekam unter Androhung schwerster Strafen Redeverbot. Die Gefahr, daß mein Vater von allein etwas merken würde, bestand nicht. Er übersah alle neuen Kleidungsstücke, ob Bluse, Schürze oder Rock, und merkte auch nicht, wenn meine Mutter die Möbel im Wohnzimmer umgestellt hatte. Ich wartete gespannt auf den Tag, an dem er sich an der Stelle fallen ließ, an der einmal der Sessel gestanden hatte. Es war vorgekommen, daß meine Mutter mit einer frischen Kaltwelle vor meinem Vater gestanden und ihn erwartungsvoll angesehen hatte. Minutenlang hatte er sie gemustert, um dann vorsichtig zu sagen: »Oh, neue Schuhe.« Der rote Hut war das einzige Kleidungsstück, das mein Vater bewußt wahrnahm. Meine Mutter trug die *Angströhre* nur zu besonderen Anlässen. Und gegen einen Tanzstundenball konnte auch mein Vater nichts einwenden.

Noch ein paar Tropfen Tosca an die Ohrläppchen, dann war auch meine Mutter endlich bereit, und wir konnten die Wohnung verlassen. Auf der Treppe blieb ich mit dem Absatz an einer Stufe hängen. Auch der Junge hatte Probleme beim Laufen. Er trat ständig auf seinen Hosensaum, und ich hatte Angst, daß er dadurch seine Hose verlieren könnte. Wir stolperten nebeneinander her, und ich hörte, wie meine Eltern hinter unserem Rücken tuschelten. Unter großen Schmerzen erreichte ich den Tanzsaal.

Wir mußten uns vor der Tür aufstellen und an unseren Eltern vorbei in den Saal einmarschieren. Alle Eltern klatschten vor Begeisterung im Takt. Ich sah die Tränen in den Augen meiner Mutter, ein schamvolles Wegwischen. Der Abschlußball war eigens für unsere Eltern inszeniert. Von ihnen beklatscht, präsentierten wir unsere Tänze und bedienten folgsam ihren Ehrgeiz. Sie bewunderten unsere verkrampften Bewegungen, *Unsere Kinder werden erwachsen,* und schoben unsere blassen Gesichter auf *die*

Aufregung. Eins – zwei – drei – vier. Pflichtgemäß drehte ich meine Runden: Walzer, Rumba, Cha-cha-cha. Ich spürte die Blasen an meinen Füßen und war mir sicher, daß ich nach diesem Abend nie wieder irgendwo tanzen würde. Ich haßte das glatte Parkett, ich haßte die Musik, und vor allem haßte ich meine Schuhe. Die Gelegenheit zur Rache ergab sich unverhofft. Alle Eltern wurden auf die Tanzfläche gerufen. Da standen sie. Die Väter in Anzügen, aus denen sie seit Jahren herausgewachsen waren, die Jacken spannten an den Schultern und ließen sich auch durch Baucheinziehen nicht mehr schließen. Außerdem waren bei vielen die Hosen zu kurz. Wie es den Frauen gelungen war, sich in die Kleider hineinzuzwängen, blieb rätselhaft. Ich vermutete, ein kleiner Nadelstich würde genügen, und alles würde auseinanderplatzen.

Meine Mutter sah gut aus in ihrem neuen Jackenkleid, jedoch hatte sie, wie es sich für eine feine Dame gehört, ihren Hut aufbehalten, der bei der ersten falschen Drehung zu Boden fiel und von Gerlinde Trägers Vater breitgetreten wurde. Orientierungslos schlurften unsere Eltern im Walzertakt über das Parkett. Die Männer zogen an ihren Frauen und die Frauen an ihren Männern. Wir saßen am Rand und schauten zu, wie sich der Tanzlehrer die Haare raufte. *Und eins – und zwei.* Es passierte beim Tango. Bei einer zu weit ausgefallenen Drehung trat mein Vater *einer Dame auf die Schleppe.* Es war ein weißes Taftkleid. Trotz der lauten Musik war deutlich des Geräusch zu hören, mit dem sich der untere Teil des Kleides vom oberen löste. In die Stille danach platzte ein kurzes Klatschen. Mein Vater preßte seine Hand gegen die Wange, und die Frau versuchte mit den Stoffresten vergeblich, ihre Blöße zu bedecken. Fluchtartig verließen wir den Saal. Als die Blasen an meinen Füßen aufrissen, verspürte ich für einen Moment Erleichterung. Zu Hause sah ich die Blutflecken auf dem hellen Leder. So etwa mußte Aschenbrödels Schuh ausgesehen haben, nachdem ihn die Stiefschwestern anprobiert hatten. Am nächsten Tag humpelte ich mit verbundenen Füßen in den Sandalen meines Vaters zum Arzt. Ich brauchte drei Tage lang nicht in die Schule zu gehen. Das hellblaue Kleid lief nach dem Waschen so ein, daß meiner Mutter nichts weiter übrigblieb, als ein Sofakissen daraus zu nähen. Der Abschlußball wurde in unserer Familie nie wieder erwähnt. Nur als meine Mutter mich während eines Diskoabends mit meinen Klassenkameraden über die geölten Dielenbretter der Aula springen sah, merkte ich, wie ihr Gesicht starr wurde. Ich hörte, wie sie enttäuscht zu meiner Lehrerin sagte: *Und dafür haben wir die Kinder in die Tanzstunde geschickt.*

10
Erwachsen

Die Qualen des Tanzenstundenballs waren eine gute Vorbereitung für die *Jugendweihe* gewesen. Die Lehrer sprachen vom *Sinn des Lebens*, von der Schwelle zum Erwachsenwerden, von der Verantwortung, die wir *als Sieger der Geschichte* nun übernehmen müßten, und bereiteten uns mit extra dafür eingerichteten Jugendstunden auf unseren neuen Lebensabschnitt vor. Meine Mutter war der Meinung, daß endlich der Zeitpunkt gekommen sei, mit mir einen Miederwarenladen aufzusuchen. *Einen Büstenhalter für das junge Fräulein bitte!* Mitleidig betrachtete die Verkäuferin meinen Oberkörper, der trotz literweise getrunkener Ziegenmilch kaum eine Erhöhung aufwies. Aber *was nicht ist, kann ja noch werden*, und es machte auch nichts, daß die kleinste Größe momentan nicht am Lager war. Meine Mutter wollte nicht länger warten, Jugendweihe war schließlich Jugendweihe, und irgendwann würde ich schon hineinwachsen. Bei den Schuhen hatte es ja auch immer geklappt. Bis es soweit war, würden wir ein wenig nachhelfen. Die Verkäuferin nickte wissend mit dem Kopf. Mein Einstiegsmodell war hellblau und hatte in der Mitte eine weiße Schleife. Meine Mutter brauchte mehr als einen halben Beutel Watte, um die Hohlräume zu füllen. Wie ein Fremdkörper standen die beiden Körbchen von meinem Oberkörper ab. Die Träger kniffen in die Schultern, der Verschluß drückte gegen den Rücken.

So etwa mußten sich Pferde fühlen, wenn sie das erste Mal Halfter und Sattel umgelegt bekamen. Glücklicherweise blieb der Büstenhalter das einzige Martyrium. In Erinnerung an den Tanzstundenball verzichtete meine Mutter auf Absatzschuhe und genehmigte mir flache Sandalen. Auch der Kleiderkauf blieb mir erspart, denn Tante Mia schickte *aus dem Westen* drei Meter dunkelblauen Trevira-Stoff, und die Webern nähte mir unter Anteilnahme der gesamten Hausbewohner einen Rock und eine Weste daraus. In wehmütiger Erinnerung an meine Matrosenkleider verzierte meine Mutter die Weste mit goldenen Knöpfen, die einen eingeprägten Anker hatten.

Die Vorbereitungen für die Jugendweihe hatten Monate vor der Feier begonnen. Bereits im Sommer hatte sich meine Mutter noch einmal in *das Geblümte* gezwängt und war mehrmals in der Woche zum freundlichen Herrn Liebig einkaufen gegangen. *Darf ich gnä' Frau die Tür halten?* Die Beute waren fünf Flaschen Bowlenwein, zwei Flaschen Liebfrauenmilch, drei Beutel Salzstangen und ein Glas Senfgurken. Aber das wichtigste war der Primasprit, denn ohne Primasprit kein Eierlikör. Die Zeit drängte, nur kurze Zeit gab es die Eier zum Sommerpreis, und keine Hausfrau, die etwas auf sich hielt, hätte es je fertiggebracht, zur Likörherstellung die fünf Pfennig teureren Wintereier zu nehmen. Die Rezeptur war einfach: sechs Eigelb, einen halber Liter Kaffeesahne oder Milch, Vanillesoßenpulver, Puderzucker und natürlich Primasprit. Das Geheimnis war die Temperatur, bei der man den Primasprit zu den anderen Zutaten gab. War die Eimasse zu kalt, wurde der Likör dünn und brachte den Gastgeber in den Verdacht, das Ganze mit Wasser gestreckt zu haben. War die Masse zu warm, stockte der Eierlikör und war nur durch ständiges Schütteln und Klopfen aus der Flasche herauszubekommen. Die Kunst beim Herausklopfen war, genau den Augenblick zu erkennen, in dem sich der Eierlikör löste. Ein Moment der Unaufmerksamkeit genügte, und der Likör ergoß sich über die Tischdecke. Nach erfolgreicher Abfüllung wurden die Flaschen mit einem von meinem Vater dafür angefertigten Etikett beklebt und zur Lagerung in den Keller gebracht.

Der Keller war das Revier meines Vaters. Er allein überwachte das Regal mit den Einmachgläsern und den Ananasbüchsen, die uns Tante Mia alljährlich zu Weihnachten schickte. Er bestimmte, in welche Ecke das Holz gestapelt wurde, wohin die ganzen und wohin die halben Briketts kamen. Es verging kein Wochenende, an dem er nicht seine schwarze Trainingshose und das blaugraukarierte Hemd anzog und mit der Bemerkung: »Ich gehe nur mal schnell in den Keller«, für Stunden verschwand. Ich konnte mir nicht vorstellen, was er die lange Zeit in unserem kleinen Keller tat. Die Briketts lagen exakt gestapelt im hinteren Teil, davor der Berg mit den zerbrochenen Stücken. Neben dem Regal mit den Einmachgläsern, das wegen des Kohlenstaubs mit einem Jutesack verhängt war, standen die drei Wehrmachtskisten mit dem Weihnachtsschmuck. Auf den Kisten lagen die Pakete mit den Kohlenanzündern, die mein Vater vorsorglich in der warmen Jahreszeit kaufte, weil sie bekanntermaßen im Winter zur Mangelware wurden. In der anderen Ecke standen, ebenfalls mit Säcken abgedeckt, die drei Stiegen mit den Einkellerungskartoffeln und der Hackklotz mit dem Beil. Meine Mutter nahm die Kelleraufenthalte meines Vaters gelassen hin. Ich hatte sogar das Gefühl, daß sie regelrecht froh war, wenn mein Vater die Wohnung in Richtung Keller verließ. Anfangs dachte ich, mein Vater würde nach einem Schatz suchen oder einen unterirdischen Gang graben, der uns direkt unter den Tresorraum der zwei Straßen weiter liegenden Sparkassenfiliale führte. Aber immer, wenn ich einen Grund fand, meinen Vater im Keller zu besuchen, sah ich ihn nur Kohlen umstapeln, die Gummis der Einmachgläser prüfen, Keimstop auf die Kartoffeln streuen oder einfach nur auf den Weihnachtskisten sitzen und sich ausruhen.

Die Einkellerungskartoffeln holten wir jedes Jahr nach den Oktoberferien bei Frau Träger in der Gemüse-HO. Meist waren es die ersten kalten Herbsttage. Der Wind schob die herabgefallenen Blätter über die Gehwege. Die Brille meines Vaters beschlug, wenn er beim Handwagenziehen zu schwitzen begann, und wenn ich in die Luft pustete, blieben eine Zeitlang kleine Wölkchen zurück. Wir fuhren mit dem Handwagen bis auf den Hof und schütteten die Kartoffeln über das Katzenkopfpflaster. Meine Aufgabe war das Sortieren. Die großen Kartoffeln für die Klöße, die kleinen für den Salat, Steine und verschimmelte Kartoffeln wurden aussortiert. Den ganzen Winter über kontrollierte mein Vater unsere Kartoffelbestände, denn nichts war schlimmer, als daß die Kartoffeln zu keimen und zu faulen begannen und wir auf die unregelmäßigen Lieferungen in Frau Trägers GemüseHO angewiesen waren. Besonders im Frühjahr wurden die Kartoffeln knapp, und so hatte mein Vater vorsorglich in dem Herbst vor meiner Jugendweihe eine Extrakiste mit Salatkartoffeln angelegt. *Keine Feier ohne Kartoffelsalat.* Der Ablauf unserer Familienfeiern war immer gleich. Zum Kaffeetrinken gab es Kirschtorte, Quarktorte ohne Boden und Streuselkuchen. Danach erzählte Tante Mürzel von ihrer Blinddarmoperation, meine Mutter holte ihre Gallensteine aus dem Nachttischkasten, und am Ende mußte Onkel Willi seinen Bruch zeigen. Zum Abendbrot aßen wir Kartoffelsalat und Bockwurst. Danach kam *der gemütliche Teil*, mein Vater brachte die Erdbeerbowle und den Eierlikör. Frau Sommer, die, so vermute ich, extra zu diesem Zweck zum Abendbrot eingeladen wurde, holte den Plattenspieler aus ihrer Wohnung. Die *Komikerparade* war Pflicht. Als würden sie die Schallplatte zum ersten Mal hören, lachten alle über den *Erlkönig* von Eberhard Cohrs, über Rudi Schiemanns Opernbesuch und über Paule Beckers, der auf einem wackligen Plättbrett stehend die Fenster putzten mußte, während seine Frau das Brett im Gleichgewicht hielt. Als es an der Haustür klingelte und seine Frau aufstand, war Paul natürlich schneller an der Tür. *Paul, hast du etwa geklingelt?* Je mehr Erdbeerbowle alle tranken, um so ausgelassener wurden sie. Bei Herrichts *Mückentötolin* kreischten alle so laut, daß ich den Text kaum verstehen konnte. Bei Rudi Riebe hörte keiner mehr hin. Jetzt wollten alle selbst Geschichten erzählen. Von den beiden Schwestern aus der Auenstraße, die sich während eines Streits mit Stricknadeln attackiert hatten und von denen die eine seit dieser Zeit aussah, als würde sie ständig lachen, weil ihr die andere mit den Nadeln den Mund breitgezogen hatte. Von der Frau aus dem Nachbarhaus, die ihrem Mann die Zähne wegnahm, wenn sie Fleisch auf dem Herd hatte und aus dem Haus mußte, von dem Mädchen, das immer in Ohnmacht gefallen war, weil es jahrelang, ohne es zu wissen, die eigene Zwillingsschwester im Bauch getragen hatte, und die Geschichte von Herrn Seifert, der in der Klapsmühle gelandet war, weil er den Gedanken nicht ertragen konnte, daß ihm die Ärzte nach einem Unfall Haut aus seinem Hintern ins Gesicht transplantiert hatten. Am Ende kamen die Witze. Bei dem Mann, der den Liebhaber seiner Frau aus dem Fenster warf, mußte ich immer ins Bett. Noch auf dem Korridor hörte ich Onkel Willis dröhnendes Lachen, *wer vögelt, kann auch fliegen.* Ich mochte Onkel Willi. Er war der Schwager meiner Mutter, ein kräftiger Mann mit dickem Bauch und Glatze. Seine Hände waren von der Arbeit in der Landwirtschaft rot und rauh. Im Gegensatz zu meinem Vater störte mich nicht, daß Onkel Willi schmutzige Fingernägel hatte. Mein Vater nannte ihn plebejisch und blickte meine Mutter vorwurfsvoll an, wenn Onkel Willi nach dem Essen rülpste. *Du mit deiner proletarischen Herkunft.* Ich fand, daß mein Vater unrecht hatte. Onkel Willi war immer lustig, konnte wie kein anderer in unserer Familie mit den Ohren wackeln, und wenn er Zigarre rauchte, zauberte er für mich Rauchringe in die Luft. Onkel Willi hatte nur einen Fehler, er züchtete Tauben. Auf dem Dach seiner Garage befand sich ein großer selbstgebauter Taubenstall mit einem Verschlag aus hellem Holz, der spitze Giebel war mit ausgesägten Holzornamenten verziert. Auch wenn es nicht auf Hühnerbeinen stand, erinnerte mich das Taubenhaus an das Häuschen der Hexe Baba Jaga. Wenn ich zu Besuch kam, mußte ich zuerst mit Onkel Willi die Täubchen besuchen. Über eine Leiter konnten wir nach oben steigen und gelangten durch eine Luke in das Innere des Verschlags. Onkel Willi kannte alle Tauben mit Namen. Er sprach mit ihnen. Schimpfte, wenn sie sich um das Futter stritten, oder rief ihnen hinterher, daß sie nicht so spät heimkommen sollten, wenn sie wegflogen. Onkel Willi liebte seine Tauben über alles, aber das schreckliche war, daß er mich noch mehr liebte als die Tauben. Und so wurde jedesmal, wenn wir zu Besuch kamen, *mir zu Ehren* ein Täubchen geschlachtet. Ich hoffte jedesmal, daß es keine weiße Taube war. Der Gedanke, eine Friedenstaube zu essen, war unerträglich. Und obwohl ich Onkel Willi sehr mochte, bekam ich am Mittagstisch schlagartig Bauchschmerzen, oder es gelang mir, das Fleisch heimlich meiner Mutter auf den Teller zu legen.

Tante Mürzel und Onkel Willi kamen schon am Morgen meiner Jugendweihe und brachten als besondere Überraschung fünf frisch geschlachtete Täubchen mit. Ich hatte es bereits geahnt, als meine Mutter mir auf meine Frage, was es zum Mittag geben würde, nur ausweichend geantwortet hatte: Rotkohl, Kartoffeln und Fleisch.

Es tröstete mich etwas, das ich nur einmal in meinem Leben Jugendweihe haben würde, und vor allem tröstete mich, daß mir Onkel Willi einen Umschlag zusteckte, in dem ein blauer Schein mit einem Bild von Karl Marx steckte. Einhundert Mark der DDR, jetzt war ich endlich reich. Das Geld hatte Onkel Willi bei einem Taubenzuchtwettbewerb gewonnen, und ich hoffte inbrünstig, daß er die Preisträger ewig am Leben lassen würde. Nachdem Tante Mürzel alles ausgepackt hatte und die fünf Täubchen ordentlich nebeneinander auf unserem Küchentisch lagen, ging Onkel Willi erst einmal nach der Bowle gukken. Wie der Eierlikör gehörte auch die Erdbeerbowle zu jeder Familienfeier. Bereits am Morgen hatte mein Vater die beiden Erdbeergläser aus dem Keller geholt und mit reichlich Zucker und einer kleinen Flasche Weinbrandverschnitt *angesetzt.* Das Ganze wurde *zum Durchziehen* auf die Frisiertoilette im Schlafzimmer gestellt, verbunden mit der Warnung: *Ich solle nicht auf dumme Gedanken kommen!* Onkel Willi waren Verbote egal. Schließlich waren es die Erdbeeren aus seinem Garten, die da auf unserer Frisiertoilette standen, und schließlich mußte er prüfen, ob alles seine Ordnung hatte. Wir mußten aufpassen, daß wir uns nicht mit Erdbeersaft bekleckerten. Die Erdbeeren schmeckten süß, brannten aber auf der Zunge. Wie gebannt sah ich zu, als sich Onkel Willi eine Erdbeere nach der anderen in den Mund steckte. Es war, wie wenn ich den Streuseln auf dem Pflaumenkuchen nicht widerstehen konnte. Erst naschte ich eine, dann zwei, dann versuchte ich durch Umsetzen von Streuseln die Löcher zu stopfen, und am Ende war es ohnehin egal, weil der Schaden nicht mehr zu vertuschen war. Onkel Willi meinte, daß er jetzt auch noch den Saft trinken könnte, und setzte das Bowlengefäß an den Mund. In diesem Moment kam mein Vater ins Schlafzimmer. *Prolet blieb eben Prolet.* Onkel Willi sah meinen Vater lachend an und rülpste als Antwort. In der Straßenbahn, mit der wir zur Feier fuhren, begrüßte er jeden einzelnen Fahrgast und erzählte laut die Witze, die eigentlich für den späten Abend vorgesehen waren. Zum Vergnügen aller Fahrgäste sang er: »Sah ein Knab' ein Höslein häng', Höslein auf der Leine.« Und als er fertig war, wollte er einer Frau seinen Bruch zeigen. Glücklicherweise mußten wir aussteigen.

Meine Jugendweihefeier fand im Schauspielhaus statt. Unter den Gitarrenklängen einer Singegruppe und dem Beifall unserer Eltern marschierten wir in Zweierreihe in den Saal. Im Unterschied zum Tanzstundenball fand ich es lustig, daß meine Mutter weinte, und überhaupt war mir, obwohl ich nur wenige Erdbeeren gegessen hatte, unentwegt zum Lachen zumute. Heute waren wir die Hauptpersonen und durften in der ersten Reihe Platz nehmen. *Du hast ja ein Ziel vor den Augen.* Ein Mann im dunklen Anzug betrat die Bühne. Er begrüßte uns herzlich und sprach von der *Jugendweihe als schöner Tradition der revolutionären deutschen Arbeiterbewegung.* Er sagte uns, daß bereits Ende des 19. Jahrhunderts in wichtigen Zentren der revolutionären Arbeiterbewegung die ersten Jugendweihen und proletarischen Schulentlassungen stattgefunden hatten. Und natürlich gehörte zu den jungen Menschen, die damals die Jugendweihe erleben durften, *der hervorragende Führer der deutschen Arbeiterklasse, Ernst Thälmann.* Noch hinter den Zuchthausgittern des Faschismus erinnerte er sich an die eindrucksvollen Stunden in Hamburg. »Der große Saal war brechend voll. Ich staunte, und ich war begeistert. Was für eine Masse, welches Feuer, welches Temperament, welche Begeisterung.

Dann kam für mich das große Erlebnis. Der Redner des Tages erscheint, spricht von der Bedeutung der vor uns liegenden Jugendjahre. Einzeln seid ihr nichts, geschlossen und vereint seid ihr alles! Werdet Mitstreiter und Mitkämpfer für Wahrheit und Recht, für die heilige Sache des Sozialismus.«

»Bravo!« rief Onkel Willi aus den hinteren Reihen, und alle klatschten. Der Redner wollte erneut ansetzen, aber Onkel Willis Bravorufe und der Beifall hatten etwas so Endgültiges, daß der Mann sichtlich irritiert die Bühne verließ. *Sag mir, wo du stehst.* Jetzt wurden wir namentlich auf die Bühne gerufen. In Zweierreihen in der vorgeschriebenen Paarung Junge – Mädchen liefen wir zum Bühnenaufgang. Der Weg nach oben führte über eine wacklige Holzstiege ohne Geländer. Und überhaupt erschien mir alles sehr baufällig. Ich war überrascht, daß dies die *Bretter* sein sollten, *die die Welt bedeuten*, von denen mir meine Mutter bei ihren Kücheninszenierungen ständig vorgeschwärmt hatte. Ich fand unseren Küchenfußboden weitaus stabiler und überlegte, was passiert wäre, wenn meine Mutter in ihrer plötzlichen Euphorie auf diese wackligen Bretter gefallen wäre. *Alles geraubt, und auch das Licht der Sonne.*

Wir mußten auf der Bühne *Aufstellung nehmen.* Im Scheinwerferlicht sah ich, daß einige Mädchen meiner Klasse ebenfalls einen Büstenhalter bekommen hatten, auch bei ihnen stand die falsche Brust steil vom Körper ab. *Wir sind jung, die Welt ist offen.* Nach dem Lied trat Gerlinde Träger, die ein langes rotes Kleid trug, an das Rednerpult und sprach für uns alle das Gelöbnis.

Von der Bühne aus sah ich, daß Onkel Willi eingeschlafen war. *Ja, das geloben wir!* Dann überreichten uns Jungpioniere einen Blumenstrauß und ein Buch. Als wir von der Bühne gingen, erzählte mir Peter Schindler, daß er bereits über fünfhundert Mark von seinen Verwandten geschenkt bekommen hatte und sich einen Kassettenrecorder kaufen wollte. An einen Kassettenrecorder wagte ich überhaupt nicht zu denken. Ich träumte seit Jahren von einem eigenen Radio. Jeden Morgen, wenn ich zur Schule ging, konnte ich die Modelle in dem RFT-Laden in unserer Straße bewundern. Stern 1, Stern 2, Stern Hobby. Sie hatten alle eine herausziehbare Antenne, wurden mit Batterien betrieben, so daß man sie überallhin mitnehmen konnte. Ich stellte mir vor, wie es wäre, wenn ich jeden Abend im Bett vor dem Einschlafen Radio hören könnte.

Unser Radio stand im Wohnzimmer auf einem kleinen Tisch. Es war ein schwerer Holzkasten Marke Sonneberg mit gelben Horntasten, die ein lautes Geräusch machten, wenn man sie herunterdrückte. Mittelwelle, Kurzwelle, Langwelle, Ultrakurzwelle. Der mit Stoff bespannte Lautsprecher hatte am unteren Rand vier schmale Tasten: *Sprache, Solo, Orchester, Jazz.* Anfangs hatte ich gedacht, es wären Wunschtasten, und ich könnte durch das Drükken der jeweiligen Taste bestimmen, was ich hören wollte. Aber egal, welche Taste ich wählte, es änderte sich nichts. Am Nachmittag, wenn meine Eltern nicht zu Hause waren, gehörte das Radio mir. Es erwachte langsam. Zuerst begann das magische Auge zu leuchten. Ein verschwommener grüner Punkt, der immer heller wurde. Es begann leise zu rauschen, und von sehr fern drang eine Stimme zu mir. Meist waren es Sprachen, die ich nicht verstand. Zwischen dem Pfeifen der Kurzwelle hörte ich Morsezeichen, langkurz, langkurz. Jetzt war auch die Skala erleuchtet, wie Treppen zogen sich die Stationsnamen über das Glas, Straßbourg, Hilversum, Warszawa. Wenn es mir gelang, den roten Strich, der die Sendestation anzeigte, mit einem Schwung von Monte Carlo nach Budapest wandern zu lassen, hatte ich Glück, und ich konnte mir etwas wünschen, ein Hörspiel oder ein Lied. Meist schaffte ich es nur bis Helsinki. Anfangs hatte ich Zettel mit meinen Musikwünschen durch den Schlitz in der Rückwand gesteckt. Durch die Lüftungslöcher sah ich das Papier zwischen die leuchtenden Röhren fallen. Die Drähte in den Röhren vibrierten leicht, und ich hoffte, daß sie meine Wünsche auf geheimnisvolle Weise zu den Sendestationen übertrugen. Am schönsten waren die Radionachmittage im Winter. Ich saß im Dämmerlicht auf dem Hocker vor dem Radio. Durch die Löcher in der Ofentür fiel der flackernde Schein des Feuers auf den Linoleumfußboden. Ich drehte an dem schwarzen Knopf, tastete mich mit dem roten Zeiger die Skala entlang, bis ich irgendwo eine Stimme fand, die mir eine Geschichte erzählte. *Hörspiel für euch.* Doch sobald mein Vater nach Hause kam, war die Ruhe vorüber. Jetzt bestimmte er, welcher Sender gehört wurde, suchte nach Nachrichten, Berichten vom Tage, und wenn eine Nachrichtensendung vorüber war, suchte er nach einer neuen. Er nannte die Musik, die ich hören wollte, *Katzengejammer* und vertrieb mich von meinem Platz vor dem Radio. Er hörte ausschließlich *Westsender*, und nur hin und wieder gestattete er meiner Mutter und mir am Samstagabend eine Stunde *Neumann, zweimal klingeln* auf Radio DDR 1. Den Kampf um *Was ist denn heut bei Findigs los?* jeden Morgen fünf vor sieben auf dem Berliner Rundfunk hatte ich verloren, weil es mein Vater dann nicht mehr rechtzeitig schaffte, zu Nachrichtenbeginn auf den Deutschlandfunk umzustellen. Auf *Nachrichten aus dem Osten* konnte mein Vater verzichten, *diesen Schwachsinn mußte er jeden Tag in der Zeitung lesen.*

Mit einem eigenen Radio wäre ich endlich unabhängig, ich könnte es überallhin mitnehmen und im Schwimmbad damit auf der Decke liegen. Doch meine Träume scheiterten am Preis. Zweihundertzwanzig Mark kostete das von mir auserwählte *Stern Hobby*, und selbst mit den einhundert Mark von Onkel Willi und den fünfzig Mark, die mir meine Eltern *großzügigerweise* geschenkt hatten, war ich noch weit von meinem Ziel entfernt.

Ich bedauerte, daß meine Eltern nicht mehr Geschwister hatten. Tante Elvira war tot und hätte mir auch lebend wenig genützt, weil sie mir sicher nur wieder Bettwäsche und Tischdecken geschenkt hätte. Tante Mia wohnte im Westen und durfte nicht angebettelt werden. Es half nur noch ein Wunder. Als wir mit dem müden Onkel Willi unsere Wohnung erreichten, steckten drei Glückwunschkarten im Briefkasten. Zehn Mark von Frau Kramer, zehn Mark von Frau Weber und auch zehn Mark von Familie Schluntz. Wir brachten Onkel Willi in Tante Elviras Zimmer, in dem meine Eltern aus Angst vor einer Kontrolle durch das Wohnungsamt alles so gelassen hatten, als würde die Tante noch leben. Wir legten Onkel Willi ins Bett, allerdings ohne ihm vorher zu verraten, daß die Tante in diesem Bett gestorben war. Meine Mutter ging in die Küche und bereitete das Mittagessen vor. Selbst durch die geschlossene Tür bemerkte ich den Geruch der angebratenen Tauben. Während mein Vater im Schlafzimmer unter strengsten Sicherheitsvorkehrungen eine neue Bowle ansetzte, deckte ich den Tisch. Es gelang mir, meine Appetitlosigkeit auf die Aufregung zu schieben und nur Kartoffeln und Rotkohl zu essen.

Nach dem Essen guckte ich mir das Buch an, das ich geschenkt bekommen hatte. *Weltall – Erde – Mensch* stand auf dem Einband. Ich begann zu blättern. Da waren sie wieder, ich erkannte sie sofort: Juri und Walentina, die Hündin Laika, Wladimir Komarow. Jetzt, wo ich so gut wie erwachsen war, erschien plötzlich alles ganz einfach. Die Gedanken, die ich mir nachts, am Fenster stehend, über den Himmel gemacht hatte, waren naiv und meine

Überlegungen, wo und wie Gott wohnte, kindisch. Unter dem Kapitel *Sind wir allein im All?* fand ich die mathematisch exakte Lösung. *Die Anzahl der Zivilisationen, die zur Aufnahme von Funkverbindungen mit uns imstande waren,* ergab sich aus der Formel n = B × I × T × N × E × P. Der Buchstabe B stand für die Wahrscheinlichkeit der Existenz von Lebensbedingungen auf einem Planeten, I war die Wahrscheinlichkeit für die Entwicklung von Leben, aus dem sich hochstehende Zivilisationen bilden können. T stand für die Existenzdauer der Zivilisation, N für die Zahl der Sterne in unserer Galaxis, E war die Zahl der Planeten, auf denen sich Leben bilden kann, und P der Anteil der Sterne, die Planeten besitzen. Als Ergebnis war ein Zahlenwert zwischen 100 und 100000 angegeben. Einen Moment dachte ich an Frau Goldhuhn. Ich las weiter über die Errichtung kosmischer Wohnstätten im All. Vor allem die Sowjetunion würde in Kürze durch die Salut-Serie die Möglichkeit für einen langen Raumaufenthalt schaffen. Dagegen hatten die Bemühungen der USA-Raumfahrtbehörde nur den Grund, von den Problemen auf der Erde abzulenken. *Offensichtlich ist für ausgebeutete und unterdrückte Menschen kapitalistischer Länder der Gedanke, die Erde zu fliehen und sich auf anderen Himmelskörpern anzusiedeln, eine Art Ersatz für die unzureichenden Lebensverhältnisse. Wir wissen, daß dies kein realer Ausweg ist.*

Es war Zeit zum Kaffeetrinken. Meine Mutter verteilte die Tortenstückchen, schenkte Kaffee nach und rannte ständig zwischen Küche und Wohnzimmer hin und her. Ich war es gewohnt, daß sich meine Mutter die meiste Zeit des Wochenendes in der Küche aufhielt. Sie kochte, wusch ab, bügelte oder war mit Kuchenbacken beschäftigt. Wenn sie sich hin und wieder ausruhte, saß sie am Küchentisch, las die Zeitung oder ein Buch. Wenn ich Tante Mürzels Ratschlägen Glauben schenkte, würde sich auch mein Leben in absehbarer Zeit in einer Küche abspielen. Ich wäre jetzt in dem Alter, die wichtigsten Dinge des Lebens zu lernen: Waschen, Kochen und Kinder erziehen. Und als Beispiel für meine neuen Aufgaben erklärte sie mir, wie ich einen Pullover mit Norweger-Muster stricken mußte. *Zwei rechts, zwei links, eine Masche fallenlassen.* Ich war überzeugt, daß sie unrecht hatte. Die Menschen von morgen würden ihre Zeit nicht mit Essenkochen verplempern, sondern ihr Essen in Tuben kaufen, so wie es die Kosmonauten im All bereits praktizierten, die Kleidung der Zukunft würde nicht knittern und schmutzabweisend sein, und die Kinderbetreuung würden wie gewohnt Kinderkrippe und Kindergarten übernehmen.

Nach dem Kaffeetrinken mußte ich den übriggebliebenen Kuchen im Haus verteilen und mich für die Glückwünsche bedanken. Es war mir unangenehm, mit den Tellern durch das Haus zu laufen, aber meine Mutter bestand darauf, *schließlich hatte ich auch das Geld bekommen.* Als ich den Kuchen zu Frau Kramer brachte, begegnete mir auf der Treppe Frau Schmücker, die sich für ihre Vergeßlichkeit entschuldigte, in ihrem Portemonnaie kramte und mir überraschenderweise 20 Mark schenkte. Entweder hatte sie keinen kleineren Schein einstecken gehabt, oder es war die Erinnerung an meine Schweigsamkeit, als Frau Schmücker noch Fräulein König hieß und ständig die Kartoffeln anbrennen ließ, weil sie mit etwas Besserem als Essenkochen beschäftigt war. Die unerwartete Großzügigkeit brachte meine Mutter in eine fatale Situation, denn der verfügbare Kuchen war bereits im Haus verteilt. Und so blieb ihr nichts anderes, als Onkel Willi, der aus seinem Rausch wieder erwacht war und endlich Kaffeetrinken wollte, den Teller förmlich unter dem Löffel wegzuziehen. Jetzt trennten mich noch zwanzig Mark von meinem Glück. Ich fieberte dem Abendbrot und dem Erscheinen von Frau Sommer entgegen. Ich fühlte die drei Fünfmarkstücke bereits durch den Umschlag. Während nach dem Abendbrot alle wie gewohnt über die Komikerparade lachten, *wer reitet so spät durch Nacht und Wind, das ist der Vater, der kriegt ein Kind*, überlegte ich, woher ich die fehlenden fünf Mark bekommen könnte. Von Hartensteins war nichts zu erwarten, Fräulein Meta lag seit dem Winter mit Lungenentzündung im Krankenhaus, der schöne Herbert war im Heim, und bevor ich mit Altpapiersammeln das Geld zusammen hätte, wären alle Radios ausverkauft. Und wer weiß, wann und ob es eine neue Lieferung geben würde. Meine Mutter, die mir das Geld sicher gern gegeben hätte, war durch meine Jugendweihe total abgebrannt, und meinen Vater brauchte ich überhaupt nicht zu fragen. *Erreicht den Hof mit Müh' und Not, und siehe da, der Gaul war tot.* Ich konnte nicht einmal mehr über Eberhard Cohrs lachen. Es gab keine Lösung für mein Problem. Oder doch? Schon bei dem Gedanken begannen meine Hände zu zittern. Wenn ich das Kofferradio wirklich wollte, mußte ich es tun. Die Komikerparade neigte sich dem Ende zu. Ich wartete, bis Lutz Jahoda seinen Besuch *im Gasthaus zur Laterne* beendet hatte und das Gespräch auf die beiden streitenden Schwestern aus der Auenstraße kam. Von niemandem beachtet, verließ ich das Zimmer. Der Mantel meines Vaters hing wie immer am rechten Garderobenhaken. Als ich das Portemonnaie aus der Innentasche zog, wurde mir übel. Ich flüchtete auf die Toilette. Das Portemonnaie war aus abgegriffenem braunem Leder und hatte ein eingeprägtes Motiv auf dem Deckel, das eine Burg oder ein Schloß sein konnte. Ich klappte es auseinander und schüttelte vorsichtig die Münzen in das Innere des Deckels. Es waren vier Markstücke und drei Zweimarkstücke dabei. Ich überlegte, was ich sagen könnte, wenn mein Vater mich verhören würde. Vielleicht aber würde er meine Mutter verdächtigen oder Onkel Willi, den er ohnehin nicht leiden konnte. Ich saß auf dem Rand der Badewanne und wußte nicht, was ich tun sollte. Der Wunsch nach einem Kofferradio besiegte die Angst. Ich zog die Spülung. Das laute Geräusch gab mir das Gefühl einer Tarnung. Ich nahm zwei Zweimarkstücke und ein Markstück aus dem Portemonnaie. Das nächste Problem war das Versteck. Ich hielt es für das günstigste, das Geld unter den Badeofen zu schieben. Falls es jemand finden sollte, würde es so aussehen, als wäre es versehentlich unter den Ofen gerutscht. Als ich ins Wohnzimmer zurückkam, warf gerade der Ehemann den Liebhaber seiner Frau aus dem Fenster. Der richtige Moment, um ins Bett zu gehen. Obwohl es ein anstrengender Tag gewesen war, lag ich lange wach. Noch konnte ich aufstehen und das Geld ins Portemonnaie zurücklegen.

Als ich am anderen Morgen wach wurde, hatte mein Vater schon das Haus verlassen. Wegen der Jugendweihe mußten wir erst ab elf Uhr zum Unterricht. Ich wartete, bis auch meine Mutter zur Arbeit gegangen war, dann holte ich das Geld unter dem Badeofen hervor. Auf der Straße traf ich Peter Schindler, der seinen Kassettenrecorder bereits unter dem Arm trug. Atemlos erreichte ich den Rundfunkladen. Ich hatte Glück, der Verkäufer holte für mich das letzte Gerät aus dem Schaufenster. Das Radio besaß ein blaues Gehäuse, das Lautsprechergitter war weiß und die Oberseite mit einer Folie beklebt, die von weitem wie Holz aussah. Alles war genau so, wie ich es mir vorgestellt hatte. Ich konnte es kaum erwarten, bis der Verkäufer den Garantieschein ausgefüllt hatte und mir den Karton über den Ladentisch schob. Den Weg nach Hause rannte ich. Bereits im Treppenhaus zog ich das Radio aus dem Karton, erwartungsvoll drehte ich den kleinen silbernen Knopf. Ein leises Klicken, dann war es still. Ich probierte es wieder und wieder, bis ich begriff, daß ich einen schwerwiegenden Fehler begangen hatte. Ich hatte mir ein Radio ohne Batterie gekauft. Die dazugehörige Flachbatterie kostete 62 Pfennig, und ich empfand es als gerechte Strafe für meinen Diebstahl, daß ich das nächste Taschengeld erst in drei Wochen bekam. Wenn mein Vater den Diebstahl aufklärte und mich zwang, das Radio zurückzubringen, würde es wenigstens unbenutzt sein. In den kommenden Tagen wartete ich darauf, daß mein Vater die Differenz entdecken würde. Wie gewohnt saß er jeden Abend am Schreibtisch, notierte die Tagesausgaben, rechnete die Kassenzettel nach, sortierte die Konsummarken. Er weichte die Etiketten von den Weinflaschen und klebte sie nach dem Trocknen in sein blaues Buch. Eine Flasche Liebfrauenmilch, getrunken zur Jugendweihe mit Mürzel und Willi. Ich hatte das Gefühl, mein Kopf steckte in einer Schlinge, die sich immer weiter zuzog. Doch als er auch nach einer Woche nichts bemerkt hatte, erlag ich der Versuchung und stahl ihm das Geld für die Batterie.

Mit dem Kofferradio begann mein neues Leben. Ich konnte andere Sender empfangen als mit unserem alten Radio: *Die lustigen Wellen von Radio Luxemburg,* den *Deutschen Soldatensender.* Wenn ich das Radio auf die Toilettenbrille in die Nähe des Abflußrohres stellte, war der Empfang besonders gut. Ich kannte alle Plazierungen der Hitparaden auswendig. Als ich zum ersten Mal die Stones hörte, wäre mir das Radio fast ins Klo gefallen. *Angie, Angie.* Jetzt klaute ich meinem Vater regelmäßig Geld, kaufte mir im Tabakwarenladen einzelne Zigaretten, das Stück für 16 Pfennig, und manchmal reichte das Geld auch noch für eine Flasche Bier. Ich saß auf der Klobrille, preßte das Kofferradio gegen das Abflußrohr und wartete darauf, daß ich endlich erwachsen wurde.

Kathrin Aehnlich

Alle sterben, auch die Löffelstöre

Roman. 256 Seiten.
Piper Taschenbuch

Paul ist tot – und seine beste Freundin Skarlet muß lernen, damit fertigzuwerden. Immer wieder fallen ihr Episoden ein, die sie mit Paul erlebt hat: wie sie sich schon damals in Kindertagen gegen die verhaßte Tante Edeltraut verbündeten, das Studium in Leipzig, der Fall der Mauer. Nun hält Skarlet einen Brief von Paul in Händen, in dem er sie bittet, seine Grabrede zu halten … Die Geschichte einer ganz besonderen lebenslangen Freundschaft.

»Kein Kitsch, keine falsche Coolness, keine überzeichnete Figur findet man in diesem Roman, sondern das Leben, wie es sich uns vorstellt: immer anders, als es auf den ersten Blick scheint, und leider oft kürzer, als man es erhoffte.«
Berliner Zeitung

05/2383/01/L

Jakob Hein

Antrag auf ständige Ausreise

Mythen der DDR. 160 Seiten mit
30 Illustrationen von Atak.
Piper Taschenbuch

Erich Honecker wollte seine sozialistische Heimat in Richtung Westen verlassen und soll dazu einen förmlichen Ausreiseantrag gestellt haben? Im legendären Transitabkommen hat es eine teuflische Geheimklausel gegeben, nach der die DDR westdeutsche Kinder bei Verlassen der Transitautobahn automatisch zur Adoption freigeben durfte? Die Geschichte der Deutsche Demokratischen Republik steckt voller unglaublicher Geschichten – die unerhörtesten davon versammelt der Schriftsteller und gebürtige Leipziger Jakob Hein in diesem Buch!

»Das ist ein Schreiben, das auf der Achse Robert Gernhardt, Eckhard Henscheid, Max Goldt liegt.«
Tagesanzeiger

05/2153/02/R